講談社文庫

スピンクの壺

町田 康

講談社

スピンクの壺　目次

スピンクの壺

ポチの言挙

おーままま。おーままま。おーままま。とついつい歌ってしまう三月、先ほどから雨が降って今日は散歩に行けないのだろうなあ、と悲しい気持ちで寝そべって雨滴を眺めている私はスピンクです。雄のスタンダードプードルです。弟のキューティーと他人のシード、そして美徴さん、主人・ポチと山の奥で静かに暮らしています。みなさんは暮らしていますか？　そりゃ暮らしていますよね。おほほ、おこんにちは。

ところでみなさんのところではもう桜は咲きましたか。おそらくはまだなのではないでしょうか。私どもの住まいする地方では既に桜が咲いております。と申しますか、実を申しますと一月くらいから桜が咲いています。はっきり言って一月から四月までずっと桜が咲いているのです。

なぜそんなことになるかというと、犬にいろんな犬種がありチワワのような小さな犬もあればグレート・デーンのように大きな犬があるように、桜にも早咲き遅咲きがあって、うんと早く咲くものもあれば、なかなか咲かない桜もあり、私どもの住む町にはそうしたいろんな種類の桜が植えてあるため正月から春先まで常になにかしらの桜が咲いているのです。

昨日、川沿いを散歩したところ川沿いの桜が満開でした。私も少しばかりいい気分になり、またいろんなおもしろい匂いがして楽しかったので桜の根方で片足を挙げました。そう、小便のひとつもしようかな、という気分になったのです。したところ直ちに美徴さんに、No、と制止されました。美徴さんとは誰でしょうか。美徴さんは私たちの飼い主です。私たちにごはんをくれたり、服を着せてくれたりします。優しい人ですが、私たちの命を守るために、このように厳しいときもあります。

Why? 小便くらいしたっていいじゃないか? 楽しもうぜ。

という私の心を察知したのでしょう。主人・ポチが美徴さんに問いました。主人・ポチとは誰でしょうか。主人・ポチは人間です。ただ前世が犬で人間は今世が初めてなので、なんとなく犬っぽいところが残っており、本人が主人と自称しているので主人と一応、呼んでいますが、同時にポチという仇名をつけてやりました。それで主人・ポチというのです。

「アイハブいちクエスチョン」

「なんですか」

「なんで木の根方に小便してはいかぬのだ。僕はをさなき頃より多くの犬が木の根方に小便をするのを目撃したが」

「それはそうかもしれませんが、いまはもはや駄目です」

「だからなぜ駄目なのか、と先ほどより訊いておる」

「その成分によって木が傷むからです。ましてやこの桜は観光に訪れた方や市民の方が愛してやまない桜ですから大事にしなければならないのです」

「なるほど。相わかった。スピンク、そういうことで尊公は木の根方、ことに桜の木の根方において小便はこれをしてはならない。わかったか」

と、ポチはそんなことを言いました。まあ、わからないこともありませんので、よしておこうと思った、その瞬間、後ろでシードが横綱の土俵入りよりももっとたっかく足をあげて小便をしていました。

しかし主人はこれに気がつかず浮かぬ顔をしています。そこが少し気になったので私はポチに語りかけました。といってその前に申し上げておかなければなりませんのは、この語りかけました、ってところで、え？　それってどういうこと？　ポチは犬語がわかるの？　と思う方が多いことでしょう。よござんす。ご説明いたしましょう。

もちろん犬語を解さぬポチに私の言葉がダイレクトに通じる訳ではありません。ではどのようにして話しかけるのかというと、思念の波をポチの頭脳に送ることによってポチに私の考えを伝えるのです。一言で言うとラジオのようなものですね。これによってポチは私の考えを知るのです。

具体的に言うと、仮に私が散歩に行きたくなったとします。しかしポチは机に向かって愚にもつかぬ文章を書いています。そこで私はポチに、「意味のないことはやめてそろそろ散歩に行ったらどうかな」と、念波を送ります。したところポチは、うむ。と頷いて、「よし、じゃあ、スピンク、散歩に参ろうか」と、こうなる訳です。

しかし、無惨なまでに想像力を欠くポチは、これを私から送られた思念ではなく、飽くまでも自分の頭に突如として浮かんだ考え、と心得ているようです。しかしまあ、それで伝わるのだから別条ありません。

また、誰でも私の念波を受信できる訳ではなく、いまのところ受信できるのは主人だけです。これは私のいまのところの考えですが、ポチのように前世が犬であった人間のみが犬の念波を受信できるのではないでしょうか。現今、私の周囲にいる人間で前世が犬であった人間はポチのみです。ときに天候などの影響で電波状況が悪く、受信しにくいときもありますが、そういうときはポチの正面に立ち、意欲的なくりくりの目でポチを見て、湾っ、と太い声で吠えると繋がります。

というような原理で私はポチに、

浮かぬ顔をしているがどうしたのだ。心配事があるのか。だったら耳でも舐めてやろうか。

と問いかけたのでした。

それに答えてポチが、「いやね、桜がね、ちょっと気になったものだから」と突然に言ったものですから美徴さんが気味悪がって言いました。

「ちょっと誰と喋ってるんですか」

「誰とも喋ってはおらぬ」

「でもいま、いやね、桜がね、って、明らかに誰かと喋ってる感じでしたよ」

「それは君、あれだ、いわゆる独言というやつだ。自問自答といってもよいかも知らん。ちょっと頭に聞こえた声があったからそれに答えたに過ぎぬ」

「普通それを称して○○○というのではないでしょうか」

「そんなこともないだろう。電車の中とかでけっこうひとりで喋ってる人おるやんか。あれと同じ感じだよ。耳を舐めるとかね」

「前々からそうじゃないかと思ってたんだけど……、やっぱりねぇ……。で、なんなんですか。桜がどうしたとかこうしたとか」

「あ、それはだねぇ、頭のなかに、浮かぬ顔をしているが腹でも痛いのかと問う人があってそれに答えたの」

「なんて答えたの」

「それが、だから桜が気になって、ってことなんだけどね」

「だから桜がどうしたのよ」

「言うにゃ及ぶね。僕の思うに桜というものは、ぱっと咲いてぱっと散るところに価値があると思う訳だよ。散り際の美学というのかな。儚いからこそ人はそれに美を感じる訳だ。しかるにこのあたりときたらどうですか？　ダラダラダラダラ、いつまでも桜が咲いて、まったく潔さがない、その姿というのはまるで、死ぬことを忘れた爺のようだ。見苦しいったらありゃしない。その見苦しい桜のことを考えていたらつい浮かぬ顔になっちまった、と、こういう訳さ」

「でも一本一本の桜は咲いて一週間くらいで散ってるんじゃないの」

「そらそうだ。桜そのものに罪はない。罪を憎んで人を憎まず、くらいのことは僕も知ってる」

「意味が違うと思うけど……」

「いや、違わない。傾城傾国《けいせいけいこく》に罪なし通い給う客人《まろうど》にこそ罪あれ、と言ってるんだよ。ぼかあ」

「なにを言ってるのかまったくわからない」

「いや、だからね。わざわざ、早咲きの桜を植えてだねぇ、おほほほ、おははは。こんなに早くから桜が咲いてまっせ、珍《めず》やかでげしょう、おもしろいでげしょう、と言って客を誘って銭を儲けようとする、また、遅咲きの桜も植えて、いつ来ても桜が咲いているようにする、その卑しい精神が嫌だ、と言っておるのだ」

「それは、お商売なのだから仕方がないでしょう」

「商売だからといってなんでもやってよい訳ではない。桜の潔さ、儚いゆえの美しさ。それを打ち壊してなお桜で儲けようとするなんていうのは人として間違っているのじゃないか、と僕は思うんだ。だから僕はねぇ、一月から四月までずっと咲いている桜を見ると、人間の醜い欲望の現れを見るような、実に嫌な気分になるんだよ」

「あ、そうなんだ。そら困ったことだね」

「君はそうやって棒読みの口調で言うけれどもなあ、僕は本当に困っているんだぜ」

ポチはそう言って忌々しそうに川沿いの桜を見上げておりました。私はなんと言ってやったらよいのかわからず思念を送るのをよしました。

そして今日。いつものように午前になって幽鬼のような顔つきでリビングルームに現れたポチが美徴さんに言いました。

「昨日来、ずっと考えていたんだけどね」

「なにを」

「決まってるじゃないか、桜のことだよ」

「桜がどうかしたのですか」

と美徴さんが言うとポチは憤激して言いました。

「昨日、桜がずっと咲いてて僕は苦しんでる、って言ったじゃないか。君は人の話を聴いていないのか」

「ああ。あれですか。私はてっきり冗談かと思っていました」

「冗談？　あれは冗談じゃないし、あれが冗談だなんて冗談じゃない。君は僕がこんなに苦しんでいるのに冗談事にしていたのだな。ええい、くち惜しいことだ。死のうかな」

「なにも死ななくてもいいじゃない」

「そうか。じゃあ生きよう。それで生きるとして訊くのだけれども、君、今日、予定ある？」

「別にない」

「それは重畳《ちょうじょう》。スピンクはどう？」

「ない」

「スピンクもない。よしっ、じゃあ決まった」

「なにが決まったの」

「僕はこれから伊豆半島の河津というところに出掛けようと思う」

「河津ってあの河津桜で有名な？」

「そうだ」

「桜が嫌なんじゃなかったの」

「そうだ。だから河津に参るのだ」

「なんで」

「ははははは。凡人がそう思うのも無理はない。説明して遣わそう。それはだな……」

とポチが得意そうに説明を始めました。

その中味についてはまた日を改めてお話しいたしましょう。それまでご機嫌よう。

湾。

避桜などと言って

みなさんこんにちは。スピンクです。一月から咲く桜に苦しむポチが伊豆半島の、河津、というところに行くと言い出したときの話をいたしましょう。

さあ、ポチがそんなことを言ったとき私は奇異の念を抱きました。と、申しますのも、河津、というところは、河津桜という桜が咲いて、それを見物に東京辺りからも人が押し寄せる桜の名所だからです。桜が嫌なのにわざわざ桜の咲いているところに出掛けていくというのは矛盾しています。

そのあたりはいったいどうなっておるのだ。と問う、私たちに、主人は得意気に言いました。

「あははは。あほほほ。卿等がそうした疑義、疑念を抱くのは無理からぬところである。よござんす。ご説明いたしましょう。それはでんな、河津桜というのは早咲きで有名な桜という点で有名なのでごいすよ。私どもの暮らし居るところに咲きて私を苦しめる桜と同じことだ。ただ一点において異なる部分は、私どもの暮らし居るところには、いろんな時期に咲くいろんな桜が植えてあって、がために一月から四月までずっと桜が咲いている、てな馬鹿げた状態になっている訳だが、河津には河津桜しか植えてなくて、つまり、河津桜が散れば来年までもう桜は咲かぬ、すがすがしい状態、といってこれが当たり前の状態なのだが、そうした状態になっているのだ。そして儂《わし》の調べたところによると、どうやら河津桜の絶頂期は先週初めあたりらしく、いまはもう散って葉が出てしまっているのじゃ。その葉桜こそが間断なく咲き続ける桜に疲れた私の精神を癒すに違いない、とこう考えている訳じゃよ。つまり、人は、避暑、避寒、ということをするが予の場合は、避桜、ということをするということじゃな」

それを聞いた美徴さんが言いました。

「だったら別に河津じゃなくてもいいんじゃないの。桜が咲いてなければいいんだったら神楽坂でも新橋でもなんでもいいわけでしょ」

「つくづく愚な奴だな。そうではなくして、桜の名所にあえて桜が終わった頃に行く、というところに妙味があるんじゃないか。そういうことを称して、粋、とか、通、とか言いましてね。僕はそういった概念が極度に好きなんだよ」

「間違ってると思う」

「まあ、間違ってると思うのなら行かなければよい。僕はひとりで河津に行ってくる。君たちは家でごんぶとでも食っておればよいだろう」

「えええええっ」

「えええええええっ」

私とキューティーが抗議の声を挙げました。

「ううううっ、うううううっ。水は百度で沸騰する。お百度参りというのは庶民の間にいまだに根強く残る呪術だ」

シードもそんなことを言いました。

ポチの動機はなんであれ、私たちは出掛けるのが大好きです。特に私がそうです。知らないところ、行ったことがないところに行くのは楽しみでなりません。見たことがない景色を見、嗅いだことのない匂いを嗅ぐのがおもしろくてならないのです。特に匂いの方は格別です。私どもが匂いを嗅ぐのは人間が波瀾万丈の物語を読むようなもので、次の展開が気になってたまらず、夢中で嗅いでしまうのです。

もちろん匂いにはストーリー以外の楽しみもあり、何度も嗅いだ匂いを味わって読むのもよいものですが、やはり、次はどうなるのだろう、この主人公はどうなってしまうのだろう、と、期待したり心配したりしながら、知らない場所の知らない匂いを嗅いで歩く楽しみは素晴らしいものです。

しかし、犬のなかにはそういったことが嫌いだ、という犬もいます。

やはり俺はいつもの見知った匂いがいいんだよ。見知った匂いを嗅いでそれで安心する、ほっとするんだよ。ああ、俺は赦《ゆる》されてここに居場所があるのだなあ、とつくづく思って癒されるんだよ。ほっこりするんだよ。なまじ知らない場所に行くと緊張するんだよ。知らない匂いを嗅ぐとドキドキするんだよ。とてつもない憎悪や悪意に曝されるのではないか、と感じて怖くなるんだよ。胸がドキドキして、尻尾が下がって無闇に唸りたくなって、もうなにがなんだかわからなくなって、誰彼かまわず嚙みかかっていって、最後は猟友会の奴らに射殺されるんじゃないか、という固定的な観念にとらわれるんだよ。だから俺は知らないところには行きたくないんだよ。いつものお散歩コースをいつもの時間に歩くのが好きなんだよ。

って訳です。

気持ちはわからないでもない。でもこれじゃあつまらないですよね。人間でいえば、なんらの面白みもない勤め人といったところでしょうか。

腰に弁当をくくり付け、なんてことはいまどきはないのでしょうが、毎日、同じ時間に起きて同じ時間に家を出て、同じ時間の電車の同じ車両の同じ吊り革につかまって会社に行き、同じ席で同じ顔ぶれで同じような人たちと同じような仕事をこなし、同じ時間に家に帰って自宅で晩飯を食し、テレビを見て眠る。そんなことを何十年も続けることのできる人間です。

近所を歩いているとたまにそんな犬にでくわしますが、彼らはきまって無表情です。そしてまた、ものに触れて感情が動くということがありません。刺激というものがない生活をしているので感覚と感情が鈍麻してしまっているのです。いっとき、私は彼らに犬らしい心を取り戻してもらいたい、と考え、すれ違い様に太い声で吠えたり、垂直に飛び上がって踊り念仏のようなことをしたり、浅田真央という人間のように、垂直に飛び上がって、空中で回転しつつ着地する、ということをするなどしました。

ところがひとがそこまでやっているのにもかかわらず彼らはいっさい反応をせずに無視して通り過ぎ、私の方がかえって馬鹿犬みたいな感じになってしまい、美徴さんにも叱られて、もう散々でした。

私はそんな生き方はしたくありません。新しいもの、見たことがないものに出会いながら、自分の価値観を脅かされるのをおそれて、それらから目を背ける、見ないようにする、なかったことにする、なんてことはしたくないのです。

だから私は新しい場所にドシドシ出掛けていき、新しい匂いをドシドシ嗅ぎ回りたいのです。

けれども現状ではあまりそれができておりません。と申しますのは、実は私たちの主人・ポチというのが、右に申上げた近隣の犬のような男だからです。

知らない場所には行きたがらず知らない人には会いたがらず知らないものを食べたがりません。

若い頃よりそうだったようで、それでも若い頃は、本を読む、映画を見る、などして新しい知識を吸収していたようですが、最近はそういうこともせず、どんどん見聞を狭めています。

ただしそれについてポチは、「僕も歳をとって随分と精神修養ができてきたようだ。どんな新奇・珍奇なものを見てもまったく心が動かない」などと自慢していますが、大間違いです。ただ鈍麻しているだけです。

そんなポチが、行ったことのない河津に行く、と言っているのですからこれを逃す訳にはいきません。私たちは大声で吠えて抗議しました。

その意を汲んで美徴さんが言ってくれました。

「いえ。私たちも行きますよ」

「なんでだ。僕は間違ってるんじゃないのか」

「間違ってるけど、スピンクたちが行きたがってるから」

「よろしい。ならば連れていってつかわす。支度をせぃ」

ひゃっほほい。激烈に嬉しくなった私はさっきよりももっといみじく跳躍して美徴さんに叱られました。嬉しくなるとどうしても跳んでしまいます。

二時間後。私たちは河津というところの大きな川の土手に立っておりました。美徴さんはげらげら笑い、ポチは、こ、これは……、と言ったきり絶句し、呆然としておりました。

土手の桜が満開だったのです。

私たちの立つ側にもそして向こう岸にも桜が咲き誇っていて、そしてそれはどこまでも続いているようでした。

その桜の下には屋台店が建ち並び、多くの見物のお客でにぎわっています。

後でわかったのですが、今年の冬は例年に比べて気温が低かったため、桜の開花が後ろにずれ込み、毎年開催している桜祭りというのも、期間を後ろにずらした、ということらしいです。

つまりポチの、避桜、は完全な失敗に終わったということです。それどころか、九十分もかけてわざわざ、何万本もの桜が咲いているところへやってきたということになるのです。

私は家を出てからずっと嬉しくてはしゃいでおりましたが、このとき初めて主人の心中を察し、悲しい気持ちになりました。

なにをやっても失敗ばかりしているポチ。バーベキューをして失敗し、レストランに出掛けて失敗し、自宅を購入して失敗し、リフォームをして失敗したポチ。というか、人生そのものが無惨な失敗であるポチ。可哀想なポチ。

すっかりポチが気の毒になったので私は、元気を出せ、という意味で、ワン、と太い声で吠え、後ろ足で立ちあがって、前脚でポチの胸にドン突きを食らわせてやりました。

虚を衝かれたポチは、うわうわうわっ、などとおめきながら後ろ向きに転倒、尻と手を地面につきました。尻餅というやつです。

顔の位置が低くなったので、私はポチの耳を舐めてやりました。ポチは、ウヒャウヒャヒャ、と笑い、やめろ、スピンク、やめろ。と言って私の顔を押しのけて立ちあがりました。

どうやら少しは元気を取り戻したようだな。よかったことだ。

そう思っていると猿がうどんを欲しがっているような目で対岸を眺めていたポチが、桜というのは……、と呟きました。

「桜というのは……、美しいものだな」

ええええええっ？　桜が嫌で、避桜、といってここまできたんじゃないの。と私は思いました。美徴さんも思ったのでしょう、桜、嫌いじゃなかったの。と主人に問いました。主人は以下のように答えました。

「うん。確かに僕はずっと咲いている桜に人間の浅ましさを見出してこれを嫌っていた。嫌い抜いていた。けれどもそれが間違いだったということがいまわかった。桜というものは元来が美しいものなのだ。醜いのは桜ではない。人間の心だ。観る者の心ばえによって美しくも醜くもなるのだ。罪を憎んで桜を憎まず。疑わしきは罰せず。罪を犯したことのない者が、まず、この女に石を投げなさい。すべてはそういうことなのだ。人の罪、桜の罪。本はこれ同根より生ず。スピンク。くれぐれも桜の根方に小便をしてはならぬぞよ」

なにを言っているのかまったくわかりませんでしたが、つまりは屋台店を見ている

うちに、ポチはお酒を飲みたくなったということでした。避桜といっている以上はこの場を離れなくてはならず、そうするとお酒が飲めなくなるので意味のわからない団子理窟をひねり出したようで、どうやら私の心配は意味がなかったようです。

それから私たちは桜を見たり、方々の匂いを楽しく嗅いで歩いたり、お酒を飲んだり、記念写真を撮ったりして、満開の桜の下で半日を楽しく過ごしました。

帰りは美徴さんが運転したので二時間ちょっとかかりました。帰ってすぐポチは寝てしまいました。私は美徴さんにパンケーキを貰い、うまうまこれを食べました。

私たちの春のある日はそんな風でした。そんな風に私たちは春の一日を過ごしたのです。

五歳になりましたぜ

真夏のように暑くなったかと思ったら翌日は肌寒い、なんていう不順な天候が続き、各地で落雷、突風、竜巻などの被害が出ているようですが、みなさん、お変わりございませぬでしょうか。

ということとは無関係ですが、私とキューティーは先月末で揃って五歳になりました。

まあ、自分のことなのでさしたる感慨もありませんが、キューティーについては、私より八月遅れて一歳でポチのところに参って、それまでの環境が酷かったせいで目方は私の半分に満たず、足は萎えてよろよろしていて、医師に、育つかどうかわからないし、育ったとしても五歳で要介護状態になる、と宣告された経緯があるだけに、無事に五歳になり、私がおやつや玩具を貰っていると、「俺によこさんかあ、どあほっ」と絶叫しつつ、嚙みかかってくるくらいに元気というのは、若干、むかつく部分がありながらも喜ばしいことです。

それからミニチュアプードルのシードが今月半ばで八歳になりました。しかし、シードの年齢ははっきりせず、推定、八歳です。

経歴も定かではなく、私どもに参る直前は観光牧場でレンタルドッグをしていたらしいのですが、それ以前は、どこでなにをしていたのかよくわかりません。繁殖犬に使われていた、とも言われているし、セラピードッグをしていたとも言われています。

まあ、いずれにしてもシードが家庭ではなく、多くの、他人としての人間のなかで、また、犬の群れのなかで、なんとか生き延びてきた、ということだけは確かで、ポチのところに参るまで家庭の味というものを知らなかったようです。

しかし、最近になってようやっと、自分は甘えてもよいのだ、一定程度、自由に振る舞っても殴られたり蹴られたりしないのだ、ということを悟ったシードは、おほほ、我が儘です。

私が貰った玩具で遊んでいると、いきなりやってきて、玩具を奪っていくなどします。

その様を見て主人・ポチはいつも、

「スピンクはなにを唯々諾々と玩具を奪われておるのだ。少しは抵抗したらどうだ」

などと申しますが、それは無理な相談です。だってそうでしょう、私は四箇月でポチのところに参り、それからはなんの苦労もなく育った、言わば、甘やかされたボンボンです。それに比べて、ごく小さい頃から他人のなかで揉まれて生きてきたシードは叩き上げの苦労人で、しかも歳上です。敵う相手ではありません。

というか、特にシードと事を構えなくとも、また新しい玩具をポチに持ってこさせれば済む話で、ポチのところに歩いていって、湾、と太い声で吠えれば、ポチは、

「おまえという奴はまったく根性のない、駄目な奴だな。自らの力で立つ、という気概がまったくない。おまえを見ていると自分を見ているようで悲しくなる」

と言って新たな玩具を呉れるのです。それもまた取られたらまた貰いにいけばよいのです。

ええっと、なんの話でしたっけ。そうです。家庭の味を覚えたシードが最近、我が儘だ、という話でした。そうなんです。最近では、私がリラックスして横になっているると、足の上に乗って、顔に横腹を押し付けて全体重をかけてきたりします。人をク

ッション扱いにするのです。そこで、

「重いんですけど」

と抗議するのですが、

「まあ、いいじゃないか。僕は八歳なんだ。はっさい先生、という連続テレビ小説が昔、放映されていたことを君は知っとるのか。知らんだろう。だったらそれくらい我慢をしろ」

なんて団子理窟を言いよります。はっさい先生を知っているからといって人をクッションにしてよい訳ではありませんし、知らないからといってクッションにされる謂《いわ》れもありません。そんな理窟が通るのだったら殆どの国民がクッションにされてしまいます。

また最近、調子に乗っているシードは、ぎゃん吠え、ということをします。ぎゃん吠え、とは文字通り、ぎゃんぎゃん吠えることで、ダックスフントなんかがよくやっているアレです。

意味なく吠えているようにも見えるから、無駄吠え、とも言います。なんで、犬はあんな風に吠えるのでしょうか。もちろん、怯えて吠えている場合もありますし、なにかをして欲しくて吠える場合もありますが、シードの場合、私も犬なのでよくわかりますが、一〇〇パーセント、気分よく吠えています。つまり、ぎゃんぎゃんぎゃんぎゃん、大声で吠えていると、テンションがあがって、ますます吠えたくなる。ますます吠えると、さらにテンションがあがり、さらに吠えたくなって吠える。

酒を飲んで理性を失った人間の方が半ばヤケクソでカラオケに行き、得意の歌を絶唱するのと同じ理窟です。

しかし、これは犬にとってけっしてよいことではありません。なぜなら、そうした過度の興奮は心臓への負担が大きく、そうして常に興奮している犬は短命であるからです。

だから、犬はぎゃん吠えをやめるべきだし、飼い主はこれをやめさせるべきなのです。

私などもなるべくぎゃん吠えをしないように努めています。そりゃあ、まあ、私も犬ですから、宅配便の兄ちゃん、電気メーターの検針、なんて輩《やから》が庭に入ってきたときは、多少のぎゃん吠えをしますが、まあ、適当なところでやめますし、美徴さんに制止されれば直ちにやめます。ポチに諌められたときでさえ、暫くしたら自発的にやめます。

　ところがシードは酷いです。

　制止されても一向にやめようとせず、そこいら中をパタパタパタパタ駆け回りながら、吠え止みません。

　また、シードの場合、見ていると多くの犬のように刺激に反応して吠えているようには見えません。もちろん、なんの刺激もなく突然、吠え出すのではなく、宅配便の兄ちゃん、検針のおばさん、といった、一応のきっかけはあります。しかし、よく見ていると、普通の犬のように、

「うわっ。誰か来た。うわっうわっうわっ。ワンワンワンワン」

　となるのではなく、

「はははは、しめた。概《おおむ》ねこの時間になるとやってくる宅配便の兄ちゃんがやってきた。毎日のことで別に驚きもしないが、これを口実に、ぎゃんぎゃん吠えてやろう。さぞかし気持ちのいいことだろう。ぎゃんぎゃんぎゃんぎゃん。ああ、やっぱり気色がいい。いひひひひひ。ぎゃんぎゃんぎゃんぎゃん」

　と、吠えているようにしか見えないのです。

　つまり、刺激を受けて興奮するのではなく、いまなら吠えても構わないはず、という判断の下に吠えている、ということなのですね。私はそれはちょっと違うと思う

し、犬としても卑怯な感じがしたので、あるときシードに忠言をいたしました。

「シード」

「なんだ」

「単刀直入に言う。ぎゃん吠え、をやめたらどうだ」

「なぜだ」

「なぜって、君、このタイミングだと吠えてもいいはず、っていう判断で吠えてね？」

「いや、そんなことはないですよ」

「とぼけたって駄目だよ」

「別にとぼけてないよ。それに吠えると気分がいいんだよ。ストレス解消になるんだよ」

「それがいかんらしいのだよ」

「どういう風にいかんの」

「あんまりガンガン吠えていると心臓が弱って短命になるらしいよ」

「ははは。君はいま何歳だ」

「五歳だよ」

「僕がいま何歳か知っているか」

「八歳」

「その五歳の君と八歳の僕、どちらがよく病院に行ってる？」

「きゃん」

　私は言い負かされました。そうなのです。今年八歳になるシードは、若いときに苦労したせいでしょうか、きわめて頑健な身体の持ち主です。

　一方、私はというと、若いときにボンヤリしていたせいでしょうか、やれ、胃腸炎にかかった、足を痛めた、と言ってはしょっちゅう病院に参っております。ところがシードは風邪ひとつ引かず、病院に行くことは殆どありません。ちょっと前に病院に行きましたが、それはジャンプして着地した私に踏まれて捻挫をしたからです。

　散歩のときなんかもそうです。私の体重は二十九キログラム。それに比してシードは僅か九キログラムしかありません。三分の一以下です。およそ生き物の体力はその体重に比例し、その伝で参れば、私はシードの三倍の体力を持っている計算になるのですが、実際のところは……、というと、どうもいけません。

　私は大型犬でシードは小型犬、体力差があるので、私にとってちょうどよい距離をシードが歩けば途中で疲れて歩けなくなるはずです。

よく、散歩の途中で疲れて歩けなくなって飼主に抱かさっているトイプードルなどを見かけますが、あんな感じになるはずなのです。

ところがシードときたら、最初から最後まで元気で、先頭を切ってグングン進んで疲れを知りません。足取りも軽快、レンタルドッグをしていたからでしょう、昔とった杵柄、声をかける通行人があれば駆け寄って愛想を振りまき、近寄ってくる犬があれば挨拶もそつなくこなし、まったく疲れを知りません。

ところが私ときたら、シードの三倍の体重を持ちながら、気温や湿度の高い日などは中途で疲弊、まあ、匂いを嗅ぐのはおもしろいので、帰りたいという訳ではありませんが、どうしてもダラダラした歩き方になってしまい、途中で立ち止まることも屢々《しばしば》です。

声をかけてくれる人があっても鹿十《しかと》します。犬の場合は行きますけどね。いい意味でも悪い意味でも。

って私はなんの話をしていたのでしたっけ。そうでした。シードが頑健な体力の持ち主だという話をしていたのでした。それを根拠に、あんまり興奮していると死ぬよ、という私のシードに対する助言が斥《しりぞ》けられた、という話をしたのでした。

とはいうものの私は、ぎゃん吠え、散歩で先頭を切ってグングン行くこと、といっ

たことをしたい放題にしているシードの生活態度に疑問を持っています。

五歳にもなるとどうしてもそんなことを考えてしまいます。よい機会なのでこれから私の考察を陳《の》べようと思いますが、いまシードが私の尻尾を嚙んで引っ張って遊んでおり、まとまったことを考えられませんので、後ほどまた申上げることにいたします。よろしくお願いします。湾。

犬の道（一）

みなさん。いま私どもの庭では、ほうほけきょうと鶯が鳴き、私の耳の色と同じ色の躑躅《つつじ》が咲き、紫蘭《しらん》、蛍袋《ほたるぶくろ》なんども咲いておりますが、みなさんはお変わりございませんか。ご繁栄なさっておられますか。きっとなさっておられることでしょう。そう信じて話を続けますれば、気象庁という天文気象のことを司る人たちによって先日、梅雨入り宣言、という宣言がなされ、私どもの住居いたしおるあたりが、入梅ということになりました。

入梅。と申しますと梅という果実のなかに入っていくような印象がありますが、そうではなく、梅雨の季節になったということです。

私にとっては五度目の梅雨ですが、何度、経験しても梅雨には納得がいきません。

なんでも梅雨前線というものが日本の列島というところの近縁に停滞して梅雨ということになるそうですが、普段は、ツユ、と発音しているくせに、後ろに、前線、という言葉が付くと、バイウ、と発音するなど、きわめて恣意的というか、いい加減な感じがします。

梅雨には、五月雨、という別名があるそうです。サミダレと読むのですが、実際の梅雨は六月で、昔と今とでは時間の数え方、天文の読み方が違っているため、こうしたズレが生じるのですが、それを改めもしないで、ゴガツアメ、と書いて平気でいられるのはどういうことなのでしょうか。

なんていろいろ申してしまいましたが、なによりも根本の不満は梅雨になると雨が降り続いて散歩に出られぬことです。

これは私にとって本当に困ったことです。

散歩には様々の楽しみがあります。いろんな匂いを嗅いだり、移り変わる景色を眺めたり、知ってる犬と遊んだりするのは大変に楽しいことです。そして用便は散歩の醍醐味です。世の中のいろんな犬の用便の匂いを嗅ぎ、そのうえに、スピンク参上、の意を込めて用便をする。人間で言えば、SNSのようなものです。

これをしないと散歩の意味はありません。そしてこれは実際的な生理上の要請でもあります。なので雨が降って散歩に行けないとなると私は大変に困る訳です。

それに対して主人・ポチが講じた対策は、リビングルームの一角にペットシートという吸水性のあるシートを敷くという、まったく小手先のものでした。

そんなところで用便をしていったいなんの楽しみがあるというのでしょうか。なんらの楽しみもありません。ところが驚いたことに、キューティーとシードは、その無味乾燥なペットシートで用を足し、なんらの不平も感じておらない様子なのです。

感受性というものが鈍麻してしまっているのでしょうか。そういうことに興味・関心がないのでしょうか。いずれにしても私には理解し難いことです。

まあ、そんなことで私は梅雨という季節が気に食わず、ポチに、画期的なレインコートの開発、開閉式ドームを具備した全天候型ドッグランの築造、といった抜本的な対策を望んでいるのですが、怠惰なポチは仕事と称して、机に向かい、文字通り机上の空理空論を弄《もてあそ》ぶばかりで、いっかな重い腰をあげようとはいたしません。

とはいうものの幸いなことに梅雨入り宣言があった翌日は快晴で、それからは曇りの日が続いて、いまのところ毎日の散歩はできております。

そして散歩といえば先月来、申し上げているシードの極悪な生活態度のことについて申し上げなければなりません。

先月、申し上げた、ぎゃん吠え、は家ですることですが、散歩においてもシードは、先頭を切ってグングン行く、というやりたい放題をやっています。引き綱・リードは常にピンと張った状態で、飼い主が引っ張られるようにして後に随《つ》いていく、甚だしきにいたっては、グングン前に進むあまり、前脚が宙に浮いて鰹の一本釣りみたいなことになってしまっている、といった状態で散歩をしている人がありますが、まさにあの状態です。

これは犬としては非常にあかぬことで、本当はリードがたるんだ状態で、飼い主のやや後ろを、飼い主の歩度・歩調にあわせて歩くべきなのです。

というと、そんな屈従的な態度を強制するのは可哀相だ。犬は自然のままにのびのびと育てたい。飼い主に気を遣ってしずしず歩いている犬よりも、好き放題にしている犬の方が幸福だ。という人が出てきますが、申し訳ありません、それは間違っています。

というのはいまの世の中の問題で、いまの世の中は人間が造った世の中で、したがって人間にとって便利で都合のよいように設計されています。

空港、鉄道、道路、港湾、発電所、ダム、ショッピングモール、公会堂、電波塔。いずれも自然のままの犬には必要のないもので、私たちは自ら空港に行って飛行機に乗ることもありませんし、ショッピングモールに行ってビジネススーツを買うこともありません。その必要がないからです。それを必要としているのは人間です。そしてそれら人間にとって便利なものが私たちの生命を脅かす場合もあります。

例えば私たちの散歩ルート上には道路というものがあり、道路には自動車というものが走っています。これは人間にとっても危険なもので、通行の人が自動車に轢かれて死ぬ、ということがありますし、自動車同士がぶつかったりします。

そこでこれを防止するために角角辻辻に、信号機、というものが取付けてあり、交互に赤くなったり青くなったりすることによって、一方が停まれば一方が進む、ということにしてあります。

これくらいの理窟は慣れれば犬にもわかることで、赤のときは座りをして待ちますが、おもしろい匂いに夢中になっていたり、向うっかたに知った犬がいたりして、つい信号に気がつかないこともあります。

また、信号機のない交差点というのもあり、人間であればドライバーも気がついて停まりますが、私たちの姿は死角に入ってドライバーからは見えません。そんな交差点に犬が先頭を切って進入したらどうなるでしょうか。結果は言わぬが花でしょう。

つまり、人間向けにデザインされた世の中で私たちが、自然に、生きることは不可能で、そこはやはり飼い主に身の安全を委ねないと生きていけぬのです。自然に、生きると死ぬのです。

というと、そんな退嬰的な議論は俺は嫌いだ。もっと犬が自然に生きられるような世の中を建設すればよいではないか。といった幼稚な議論を吹きかけてくる赤ら顔のおっさんがあるかもしれませんが、それは暴論というものです。

だってそうでしょう、例えば海中というのは魚やなんかが生きていくのに都合のよい環境なので、人間が海中に入ると呼吸ができなくて死んでしまいます。そこで用のない人は海中には入らないし、用のある人は潜水服を着、水中呼吸器という大仰な器械を背負って入る訳です。

それを、そんな魚に気を遣っていてどうする。海自体を人間の都合のよいように変えていく、くらいの気概を持て。といって海を土砂で埋めたり、海から水を抜いてしまったりするなんてのは間違いなくバカモノの所業です。

だから要するにものは考えようで、唯々諾々と飼い主に従っている、と考えれば腹もたちますが、自分たちが死なないように飼い主というものがいる、と考えれば飼い主は使用人です。主人・ポチです。そのように考えてもよいし、信号機のようなシステム、アクアラングのような便利な道具、と考えてもよい訳です。

そのような飼い主に逆らって、玉の命をあったら縮めるのは実に馬鹿げたことで、そうしたことをするシードの生活態度を私は、あまりよろしくないのではないだろうか、と愚考するのです。

というと、私がいかにも、ものわかった犬のように聞こえますが、実はそんなことはありません。そんなことを悟ったのはごく最近のことで、恥ずかしい話ですが、私も若いときは随分と馬鹿をやったものです。

ムチャクチャに引っ張る。他の犬に突進する。まるで狂犬のように吠える。逃げる小型犬を追いかける。雌犬の尻の匂いを執拗に嗅ぐ。マーキングをしまくる。マウントしまくる。柴犬に摑み掛かっていく。

ありとあらゆる悪事に手を染めました。しかし、そういったヤンチャが許されるのはやはり四歳か、せいぜい四歳半くらいまでです。四歳ちょっと過ぎにそれに気がついた私はそうしたことの一切ときっぱり手を切りました。というと少し違うかな、まあ、いまでもときどき羽目を外すことはないわけではありません。

しかしやはり、昔のように見境がない訳ではなく、自分で、やばいな、と思ったらやめますし、美徴さんに言われたら即、やめます。ポチの場合はケース・バイ・ケースですけどね、括弧笑。

ところがシードときたら八歳にもなってそういうことをしている訳で、そういうことはどうかな、と私なんぞは疑問に思う訳です。

そうした態度の根底にあるのは一般的には、右にも申し上げました、犬は須《すべか》らく犬らしくあるべし、という、犬、飼い主、双方の考えでしょう。

いま見たようにその考えは間違っているのですが、私の見る限り、シードの場合、それとは少し違うような気がします。

というのはシードには、逆張り、という特徴的な行動が見られるからです。

シードの逆張りとはなにか。

まずは当人に訊いてみるのがよいでしょう。

私は委員会の委員長になったようなつもりで、ベッドの上の三重に積み上げたクッションの頂上で微睡《まどろ》んでいるシードに尋ねました。

「あのさあ、シードさあ、微睡んでるとこ悪いんだけどさあ」

「なんだ、スピンキー」

「質問があるんだけど、いいかなあ」

「いいけど、手短にしてくれ」

「じゃあまず尋ねるけど、とりあえず、その三重のクッションなんだけどさあ……」

という具合に私とシードとの間に、シードの逆張り、についての問答が始まりました。

しかしながら、ほけきょう、雲行きが怪しくなって参りました。降らぬうちに主人に命じて散歩に参らなければなりません。続きはまた日を改めて申し上げることに、ほけきょう、いたしましょう。さようなら。ごきげんよう。

ポチの道（一）

こんにちは。スピンクでごいす。紫陽花《あじさい》が咲いています。お元気ですか。こないだの続き、シードとの問答を申上げる前に、主人・ポチ方に若干の変化がございましたので、忘れてしまわないうちに、先ずはそのことについて申し上げることにいたします。

というのは、ポチ方の、隣家の石垣との間の南北に細長い側庭のことでございます。この幅一・八米、長さ二十米程の側庭には、私が参る前のことで聞いた話なのですが、ポチがこの家に入ったときには、防草、といって雑草が生えるのを防止するため、砂利が敷いてあったそうです。

ポチはこの砂利を嫌い、「オレはもっと情趣・情感の溢れる側庭にしたいのだ」と嘯《うそぶ》いて、グランドカバーを敷き詰めようとしました。

しかし、そのためには砂利を除去しなければなりません。そこでポチはバケツを持ってきて、両の手で砂利をすくい、バケツに移し始めました。そんなことを続けるうちにバケツは砂利で一杯になります。一杯になったバケツをポチは、吩《ふん》っ、と気合いを入れて持ち上げ、裏の崖に捨てにいったそうです。

そんなことを三度乃至《ないし》四度、繰り返したポチは五度目の途中でのろのろ立ち上がり、まったく砂利が減った様子のない側庭を眺め、「こんなことをやっていても埒《らち》があきまへんのや」と奇妙な、まるで棒読みのような調子で言って、ぷい、と二階へ上がってしまったのだそうです。

それから数日間、ポチは不貞腐《ふてくさ》れたように寝転がり、時折、譫言《うわごと》を発し、また、突如として起き直ると、まるで気合いを入れるレスラーか相撲取りのように自分の頰を自分でペチペチ叩いて、大般若経を転読する真似をするなど、廃人同様の有り様だったのが、四日目の朝、にこやかに笑いながら一階に降りてくると、爽やかに笑って、「やあ、おはよう」と尋常に挨拶、朝ご飯をもりもり食べ、食べ終わると四日ぶりの仕事に取りかかったそうです。

そして、五日目の夕方、美徴さんは驚愕しました。出し抜けに大量の段ボール箱が

配達されてきたからです。美徴さんが業者に、本当に家か、と確認していると、ポチがニヤニヤ笑いながら来て、「間違いおへん。うちどす」と言いました。

ひとつびとつは大した大きさではないのですが、数えてみると全部で四十もあった、その段ボールの中味は三十センチ×三十センチの草のシートでした。すなわちポチはこのシートを側庭の砂利の上に敷き詰めることによってグランドカバーにしようと計画したのでした。ポチはもはや真っ暗であるのにもかかわらず、その重さにうめき声を上げながら段ボールを側庭に運び込み、これを敷き詰める作業にとりかかりました。

美徴さんは黙って見守るしかありませんでした。

そんな風にポチが苦労した草シートは一箇月経たないうちに根付くことなく枯れました。なぜそんなことになったのでしょうか。それは砂利の上に草シートを敷いたからです。当たり前の話です。砂利の上に植物は根付きません。ポチはあんなに一生懸命にやったのに。とも思いますが、意味のないことを一生懸命にやっても無駄です。

ポチは枯死して黄色く変色した草シートを黙って見つめていたそうです。

それから側庭は放置されました。

私がポチ方に参ったのはその頃で、その頃の私といえば生後四箇月の仔犬、暫《しばら》くの間は、ひんひん、してましたが、月日が過ぎて五箇月、六箇月を超える頃ともなれば、そらもう、走りたい、暴れたい、寝ているとき以外は一秒たりともじっとしていられるものではありません。

そこで座敷で雑誌を嚙み破ったり、椅子を嚙み壊したり、広縁《ひろえん》や廊下を疾走のうえ、畳建具に全力でぶつかって破壊したりして遊んでいると、ポチが半泣きになって美徴さんに訴えました。

「あのさあ。スピンク、ムチャクチャしてるんだけど」

「してるね」

「やめさせたらどうだろうか」

「大型犬なんだからしょうがないんじゃない。ゴールデンレトリバーなんて三歳までに家一軒壊す、って言われてるそうだよ。それに比べれば増しなんじゃない。この程度で済んでよかったと思えばいいんじゃない」

「なるほど。それもそうだな。じゃあ、思うことにしよう。いやあ、この程度の、障子の桟がへし折れたり、床が傷だらけになったり、椅子が破壊される程度のことで済んでよかったなあ。しあわせだなあ。うれしいなあ。僕はなんてしあわせなおっさんなのだろう。って、思えるかあ、あほんだら」

「じゃあさあ、側庭でボール投げでもしてやれば？　そしたら疲れて眠っちゃうんじゃない」

「なるほど。それは妙案だな。じゃあ、そうすることにいたしましょう。スピンク、来いっ」

そう言うとポチは側庭に駆け出していきました。散歩をしているときに近隣のおばあさんに貰った軟球を持って。

わはははは。あはははははは。

そんなことは私は極度に好きです。喜んでポチに追随、主人がまるでアホのような仕草で投擲するボールを追いがけ、これをくわえて走って戻る、ということを三遍ほどやりました。

ところがそのとき私は意外な事実に気がつきました。

爆笑してそういったことをやったのは、それをやれば面白いに違いない、と思ったからです。にもかかわらず、やってみたらさほど面白くないのです。いや、まあ、そうしてポチの投擲するボールを追いかけ、これをくわえてポチのところに持っていくという行為そのものは面白いのです。けれどもいまいち乗りきれない、いまいち行ききれない、そんな感じがあって、四度目は側庭の半ばに曖昧な感じに立ち尽くしてしまいました。

そんな私を見たポチは、あれ？　と頓狂な声をあげ、そして自分の力ではどうすることもできないと思ったのでしょう、美徴さんを呼びました。

「ツヤ子さん」

「誰がツヤ子さんやねん」

「スポンクの様子がおかしいんだよ」

誰がスポンクやねん。と心のなかで思っていると、様子がおかしい、と聞いて美徴さんが慌てて側庭に出てきました。

「どうしたの？」

「いやね。彼奴《きやっ》は毬投げが大好きでドッグランやなんかで毬を投げてやると大喜びで何度でも走ってとりにいくのだが、いまやったら三遍でやめてしまったのだ。やめてしまって半ばに立ち止まり、ほらあんな半端なところに立ち止まってじっとしている。目も黒く落ち窪んで、まるで黄金バットのような目になってしまっている。ことによると胃捻転でもおこしたのではないか、と思ってね、それで君を呼んだんだ」

「捻転？　そんなことはないと思うけど。御飯もあげてないし」

美徴さんはそう言うと、「スピンク。おいで、スピンク」と私を呼びました。

無視するのも何なので、ゆっくり歩いて美徴さんのところに歩いていきました。

「スピンク、どうしたの。どっか痛いの」

問われて考えましたが、格別にどこかが痛むということはなかったので黙って笑っていると、主人が、「スピンク、よしっ」と、太い声で言って、毬を投擲しました。

私は反射的にこれを追いかけましたが、すぐにやめて立ち止まりました。

毬が側庭の一番向うの石積みにぶつかって跳ね返り、半ばまで転がってきました。

「ほらね。あんな風に立ち止まってしまうんだよ」

「ほんとだ、どうしたんだろう。スピンク、どうしたの」

と美徴さんはそう問うのですが、実際のところ私にもなにがなんだかわかりませんでした。

ボール投げは大好きです。いつどこでやってもおもしろいし、たのしい。

ところが今日に限っては、なんだかやる気が起こらないというか、ポチが毬を投げたその瞬間は、行こうかな、と思うのだけれども、少しばかり行くともういけなくて、意識にひっかかりというか、ブレーキというか、よくわからないけれども抵抗感のようなものが生じてしまうのです。

いったいどうしたことでしょう。

もしかしたら毬が腐っているのでしょうか。

そんなことも考えて毬の匂いを分析してみましたが、毬に不審な点はありませんでした。そのとき、美徴さんが声をあげました。

「わかった」

「どういうことだ」

「砂利だよ。砂利が肉球に刺さって痛いんだよ」

ポチが、「なる程」と、声に出して言い、同時に私が、「なる程」と、心のなかで思いました。

そうだったのです。自分では意識しておりませんでしたが、なんとなくやる気が起こらなかった、その原因は美徴さんの言う通り砂利だったのです。

というのも無理はなくて、砂利と言っても主人方の側庭に敷いてある砂利は、神社に敷いてあるような角のない玉砂利ではなく、角が尖った、砕石、というものだったのです。

角が尖っているということはその角が肉球に刺さるということで、その痛みが私のやる気を失わせていたのです。

そうだったのかー。と私が思うのと同時にポチが、「そうだったのかー」と、叫

び、そして、「これじゃ可哀相なんでなんとかしてやってください」と言う美徴さんに、

「うむ。私は以前からこの情趣というものがまったく感じられない側庭をなんとかしたいと常々、思ってきた。それはいわば私の悲願である。私はいまここに宣言する。私はこの側庭から、この忌まわしい砕石を放逐し、犬に優しく、人に優しく、そして地球に優しい、素晴らしい側庭の建設に向けて邁進《まいしん》する。いやさ、驀進《ばくしん》する」

と、まるで立候補した人のような口調で言いました。

「あんなこと言ってる」

「ホントにできんのかな」

私はそんなことを思いながら主人を見上げておりました。

シードとの問答から話が随分と逸れてしまいました。申し訳ございません。この話にはまだ続きがありますので、いま暫くお付き合いください。よろしくお願いします。

ポチの道（二）

おはようございます。こないだからポチの側庭改造についてお話をいたしております。続きをお話しいたします。

さて、敷き詰められた砂利が肉球に刺さって痛いため、私が喜んで走らないのを見たポチは再び、側庭を改造する、と宣言したのですが、美徴さんはこれに疑念を抱いておりました。

なにをどうするにしても、この側庭をなんとかするためには、まず敷いてある砂利を除去しなければなりませんが、ポチは、それに必要な技術も体力も気力も持ち合わせていない、と踏んでいたのです。

美徴さんがそんな風に思っているのを察知したのでしょう、ポチは美徴さんに言いました。

「なんだ、その目は。なにかこう疑念をはらんでいるというか、どうせできまい、という人を見下したような、そんな目をしているぞ、君は」

「そんな目、って具体的にはどんな目ですか」

「薄目というか、半眼というか、それでいて、斜め上から見ているような、とにかく疑いの目だ」

「ああ、でもそれは仕方ないですね」

「なぜだ」

「私は実際に疑っているからです」

「うむ。それはまあ無理からぬところだ。なぜなら僕は一度、草シートで失敗をしているからな」

「その通りです。そしてその失敗の原因は私の見るところ、いま敷いてある砂利を完全に撤去しなかったからですが、あなたは、砂利を完全に撤去するのに必要な技術、体力、気力といったものを絶望的なまでに欠いていると私は見ているのです」

「なんだ、その評論家みたいな喋り方は。むかつくなあ。わざとやってるのか」

「わざとやっています」

「くっそう、腹立つなあ。しかし、表現の自由が憲法によって保障されている以上、やめろとも言えぬ。しかし、まあ、よい。そうやって疑ってかかるならかかるがいいさ。いずれ、僕という人間の凄みというかスケール感というものを真に理解する日がくるだろう。いや、みなまで言うな。いまから貴様だちにもわかるように説明してやろう」

ポチはそう言って説明を始めました。

「確かに僕は支那事変以来、多くの政治上の過誤を犯した。というのは冗談だが、確かに僕は砂利を撤去しないで草シートを敷くという園芸上の過誤を犯した。そのことを以てして、どうせまた砂利を撤去しないでどうにかしようというのだろう、と言って薄目で嗤《わら》うのは君らの勝手だ。しかし僕は歴史に学ぶ者だ。同じ失敗を繰り返すことはない。しかし、君らは言うのだろう、おまえにはその知力、気力、体力がない。スキルもない、と。ははははは。ひとつ忘れていないか。私には財力というものがある。そうだ。世の中はDIY流行で、巷にはなんでもかんでも自分でやろうとする輩があふれ、NHK「住まい自分流」といった番組が高視聴率をマーク、ホームセンターは押すな押すなの大盛況らしい。僕もついこの間までは知らず知らずのうちにそんな風潮に染まっていたのかもしれぬ。しかし、いま僕はまた違った考えを持っている。一言で言おう。僕は財力にものを言わせてプロフェッショナルの手を借りようと思うのだ。いや、みなまで言うな。いまのおまえにそんな財力があるのか、と言いたいのだろう。もちろん全額借金だ。諸君らは言うだろう。そんな借金を負って大丈夫なのかと。ははは。そこが経団連のやつら並みにちまちましたことしか考えられない君らと、帝都復興院総裁・後藤新平閣下並みのスケール感を持っている僕との埋めがたい差だ。はっきり言おう。僕は植木屋さんに電話をして側庭の砂利をすべて撤去した後、土壌の改良を行い、そのうえに芝を張る工事を発注する。もちろん費用は嵩《かさ》むが、側庭を整備することによって精神が明るくなって仕事にもよい影響を与え、生産性が格段に向上するなどの経済効果もあるだろうし、民間の僕がそうして金を使うことでGDPを押し上げる。なによりもスピンクが喜ぶ。よいことづくめじゃないか。なあ、おい、スピンク」

主人がそう申して頭を撫でるので私は、アハア、と笑いました。美徴さんは、民家の側庭の改修と一国の首都の都市計画を同等に論じるポチは馬鹿そのものである、と判断したのでしょう、「すごいじゃん。やったじゃん」とだけ言って賛成とも反対とも言わず、家の中へ入っていきました。

私はポチがまだ側庭にいるので暫くの間、側庭におりましたが、そのうち家に入りたい気持ちになったので家の中に入っていきました。ポチはそれでも側庭に立っていました。

その姿は気宇壮大な計画を頭に思い浮かべている人のようでした。

それからひと月ほどして植木屋の親方が若い弟子数名を引き連れてやってきました。植木屋の親方は、ニッカーズボンに地下足袋を履き、三つボタンの丸首シャーツを着るなどして、いかにも職人という雰囲気でした。しかし、その色の合わせが粋で、また、麦わら帽をかぶっていたり、しゃれた手拭を頸《くび》に巻いていたりして、その姿が、しゅっ、としていました。特筆すべきはその声で、修業に年季を入れた浪曲師のような渋い、よい声でした。

そもそもが口舌の輩であるうえ、子供の頃からド不器用の烙印を押され、釘の一本もまともに打てないポチは、普段は尊大に振る舞っているのに、こうした職人の前に出ると、その劣等感から訳もなく卑屈になる癖があるようで、このときも、施主であるのにもかかわらず、客を案内する旅館の番頭のように腰を屈め、さあさあ、こちらでございます。本日は御造園でございますか、なんて言いそうな様子で親方だちを側庭に案内したのでした。

どうなるのかな。と思いながら私はデッキ側から見ていました。ポチは腕組みをして側庭の様子を見ている親方に、

「ここにね、芝生を張っていただきたいなー、なんて思っちゃったんですけどね、けどあれですかねぇ、こんな砂利とか敷いてあったら無理ですかねぇ。何センチくらい敷いてあるんでしょうね。結構深いのかな。でももし万が一、できるんだったらやっていただきたいのですが、どんなもんでしょうね、実際のところ」

と卑屈に尋ねました。これに対して親方は、「大丈夫です。できますよ」と短く答えました。やはり親方はポチと違って口数が少なく、余計なことは言わないのです。

それから親方は若い衆を指揮し、一日で砂利を撤去し側庭に芝を敷き詰めました。その間、ポチは和室に閉じこもって出てこず、夕方、すべての作業が終わって兄弟子格の紺のズボンを穿いた人が呼びにきて、初めて出てきたのでした。

兄弟子格の人は、自ら水を撒きながら、「暫くの間はこのように乾燥に注意して、水を絶やさぬようにしてください」と言い、ポチは相変わらず、「そりゃそうですよね。乾燥したらそりゃもう大変なことになる。僕はけっして水を絶やさぬようにしよう」と、お追従と知ったかぶりの中間のようなことを言い、ろくに芝生を見もしないで、「いっやー、きれいになったなあ、どうもありがとうございました」と頻《しき》りにお

礼を言って、帰っていく植木屋さんだちを見送ったのでした。

そうして植木屋さんが帰るなり、ポチは私たちを呼びにきました。

「なにをしておる。早く来ぬか」

「どこへ行くの」

「決まっておるだろう、工事なった芝生を見に来い、と言っておるのだ。早くしろ」

とつい先ほどまで卑屈な態度をとっていた癖に急に尊大な態度になるというのは、実になんというか、気の毒なことです。しかし、まあ、面白そうなのでノソノソ出て行くと、主人が緑の芝生の上で得意そうにしておりました。

しかし、改めて見ると側庭は見違えるようでした。いままでは気がつきませんでしたが、こうなってみると、青々とした芝はいかにも走り心地が良さそうで、私など、一刻も早く、用便などしたいような、あるいは当時はまだ若かったものですから、思う様、疾走したいような気持ちにもなって、ジタジタしてしまいました。

「見ろ。スピンクが走りたそうにしているぢゃないか。放してやれ」

ポチがそう言い、美徴さんが引き綱を外してくれました。

私は即座に駆け出しました。実に、実によい感じでした。走ること、それ自体に喜びを感じていた当時の私にとって、自宅の庭で自由に走ることができるのは無上の喜びでした。

ばはははははははは。

私は走りながら爆笑しました。その様を見てポチが美徴さんに言っておりました。

「見給え。スピンクがあんなにうれしそうに走っている。あれ法隆寺の救世《ぐぜ》観音に似てると思うんだけど似てない？」

「救世観音、見たことないからわかんないけど、ほんとだ。あんな顔で走るの見たことない」

「でげしょお？　あと、どうですか。この芝生の感じ感は。実にいい感じじゃ、ござあせんか」

「いいと思う。やっぱり、こうやって植物が生えてた方がいいね。砂利だとどうしても殺伐としてしまう」

「おほほほほ。そうでしょう。だからスピンクもああやって喜んで走っておる訳だが、さて、ここでひとつ質問をしていいだろうか」

「なんですか」

「この素晴らしき側庭空間を現出せしめたのはどこのどなたでしょうねぇ」

「植木屋さん」

「そらそうだ、そらそうだけれども、大阪城を築造したのは太閤殿下、みたいな感じで言うとどうなりましょう？　この側庭を造ったのは誰でしょうか」

「あなたです」

「そうなんですね、僕なんですね。その僕をあなたはもっと称賛したらいいと思うんですけど、そのあたり、いかがですか」

「ああ、じゃあ、称賛しましょうか」

「お願いします」

「こんな側庭を造ったあなたは凄いと思いますね。偉いのではないでしょうか？」

「ないでしょうか、って俺に聞くな。ってのはまあよいとして、とりあえずよかった。スピンクも喜んでいるし、庭に情趣・情感を希求する僕もこれで満ち足りた。君にも半端な称賛をされた。じゃあとにかくもう少し毬投げでもして、その後、部屋に戻って、側庭情趣完成記念の小宴を張ろうぢゃないか」

と、ポチは上機嫌でした。

ところがこの後、側庭はポチの意の外に展開いたしました。そのことについてはまた今度申し上げることにいたしましょう。わわわわ。

ポチの道（三）

主人・ポチが空を見て、「あっきゃなあ」と言っています。そろそろ秋であるよなあ、と言っているのです。そういえば、蟬は相変わらず鳴いているし、昼間はまだ暑いですが、山中の私どもでは、朝晩は涼しく感じますし、虫の音も聞こえ始めました。

ポチの言うとおり、空もなんとなく秋めいて参りました。

おもしろいことだなあ、と思います。シードに聞いたのですが、ドンドンドンドン、遠方まで走って行くと、こうした秋とか春といったものがなく、それどころか、一年中、夏であったり、一年中、冬であったりするところがあるそうです。

夏は暑いからいやだ、とか、冬は雪が降って困る。寒いし。なんて人は、そういうところへ行って暮らすのがよいと思うのですが、しかし、人間の方たちはなにかと、文句言い、なので、まあ、そうなるとそれはそれで、雪というものを見てしみじみと酒を飲みたいものだ、とか、縁側に腰掛けて西瓜にかぶりつき、種をペッペッとはき出したい、なんて言い出す可能性があります。

少なくともポチはそう言うでしょう。

私たち犬は、ぜんたいに夏が苦手です。私たちは人間とは違ったやり方で体温の調節をしております関係上、夏は体温が上昇しやすく、いわゆるところの熱中症にかかりやすいのです。

また、私たちは人間より地面に近い位置におりますので、蓄熱性の高い、石や混凝土《コンクリート》やアスファルトで固められた人工的な環境の影響を受けやすく、したがって日中に出歩くのはきわめて危ないことですが、夕方になって暑さが和らいだとしても、そうした石やアスファルトはまだ温度が高いため、体温が上昇したまま、下がらない状態になってしまう可能性があるのです。

なので随意に散歩ができる秋になったのは犬にとっては喜ばしいことです。

とそういえば、秋になってうれしいことがもうひとつあります。それは。オッホ。私のこの文章が再び、一冊の本になって売り出しになるそうなのです。

事務的なことはすべて主人にやらせておりますので、委《くわ》しいことは私にはわからないのですが、とにかく本になるのは間違いがなさそうです。

今度で本は二冊目になり、私は二冊の著作を持つ犬、ということになるわけで、ポチは、側庭情趣完成記念の小宴を張る、と申しており、まあ結局、それはやりませんでしたが、それよりも、私の二冊目の本出版記念の大宴を張るべきではないか、と思います。その際は、提灯行列と盆踊り大会とキャンドルナイトもやったらよいと思います。

その前に急にしょぼい話になって申し訳ないのですが、主人の側庭のその後の経緯についてお話を申し上げましょう。

結論から申し上げますと、芝は枯れました。というか霧消しました。芝というものは、冬になると茶色くなり、春から夏にかけてまた青くなるそうで、茶色くなるまでは順調だったのですが、その後、まったく青くならず、というか、その姿を側庭から消してしまったのです。

なにごともポジティヴに考える。というと聞こえはいいですが、というよりかは、自分の都合の悪いことは見ないようにする／考えないようにするという、短期的には僅かな利得、長期的には大損確定の性質を有するポチはこの様を見て、

「確かに芝は枯れた。枯れたが、ご覧なね。あの犬の足にとって有害な砂利がきれいさっぱり除去されたじゃないか。それだけでも奉祝するにたる事業だよ。結局、僕のやりたかった事業は砂利の除去であってね、芝生なんてものはほんの付けたり、お負けのようなもの。これでスピンクが楽しく走れるのなら、御の字だよ。御の字の正確な意味を僕は知らんのだがな。そんなことは後でYahoo!辞書かなにかで調べればよいことなのさ。それで不満だったら言海をあたってみるがよい」

と言いました。それを聞いて美徴さんが言いました。

「でも、土の上を走ったら足が汚れるんじゃない。あなたはお散歩から帰ってきたときも面倒くさがって足を拭かないでしょ。汚れた足で家にあがったらカーペットが泥だらけになっちゃう」

「なにを言うか。泥というもののその本然はなんですか。土じゃありませんか。土なんてものは掃除機で吸い取ってしまえばそれで済むものですよ。インクとかシチュウは駄目です。染みになりますからな。そして土は汚いものではありませんよね。野菜や米はみんな土からとれるものです。土が汚いと思うのであれば、米や野菜はどうか食べないでください」

「そういう議論じゃないんだけどね」

「じゃあ、どういう議論なんだ」

「だから、家のなかに土があがってくるという……」

「だから、家のなかに土があがったって構わんじゃろうと言っているのじゃ」

そんな風に言い捨ててポチは二階へ上がっていきました。二階へ上がってなにをするのか知らん、と私は思いました。私はこの家の二階に上がったことがありません。

そして数箇月後。その間、キューティーが参るなど、いろんなことがありましたが、ポチが多額の予算を計上して改良工事を行った側庭はどうなったでしょうか。

ポチは、甚だしきこと、いみじきこと、があった際、
えげつない、えげつない、スモールナイト、あ、哀哀哀、あ、嫌ホ。

という文句の歌を歌いますが、まさしくそんな歌を歌うような感じになりました。

なにがそんなに甚だしいかと申しますと、雨が降ったときです。

以前は砂利が敷いてあり、またその下の土も、水はけのよい土であったらしく、雨が降ってもなんということはありませんでした。そして、芝が植えられた際も、芝が

張ってあるので大丈夫でした。

ところがその芝がなくなりました。そしてその下の土はというと、植木屋さんが芝の生育に都合がよいような土を入れてくれたのですが、その土というのが、どういう訳か粘性が高い、水はけの悪い土で、雨が降ると側庭は泥沼のようになってしまうのです。

私らは本来的に悟っておりますから、そうしたことに頓着せず、気にせず泥濘《でいねい》のなかをヌチャヌチャ歩いていましたが、そのため私たちの足はドロドロになりました。それも私たちは気にしませんでしたが、美徴さんはこのことを非常に気にして、そしてポチに言いました。

「あなたは、土は汚くない。従って家のなかに泥があがっても構わない、と言いましたね」

「ああ、言いましたね」

「スピンクたちの足があんなことになってるんだけど」

「あんなこととはどういうこと？」

「見ればわかるでしょう」

「見ればわかる？　ほっほーん。じゃあ、拝見いたしましょう。や、ややややや？　えかく泥にまみれておりまするなあ。プードルの体毛を美しく刈り込んで飼育する、なんてのは極度に乙なものだが、なんじゃ、このプードルは。まるで乞食の子供のようだ。桑原、桑原。terrible、terrible」

「なにがテリブルですか。だいたいこうなったのは……」

「おおおおおおおっ。みなまで言うな。みなまで言うな。心得ておる。スピンクだちの足が汚れておるのは愚僧が側庭の改良工事を行ったせいだと申しておるのじゃろう。それくらいのことがわからぬものではないわっ。このうろたえ者めがっ」

「私はまったくうろたえてません。自分のことを愚僧とか言ってうろたえてるのはあなたじゃないんですか？　人のことをうろたえ者なんて言う以上は、なにか対策を考えてるんでしょうね」

「まったくもってコメコンな奴だな。拙僧が対策を考えておらないなどということがあるわけがないじゃろうが。車にポピーじゃあるまいし」

「ますます錯乱してきましたね。どんな対策ですか」

「ははは。知りたいか。ははは。いつもそうやって土民は知識を求めている。教養を求めている。その貪欲な知的好奇心こそが名目GDPを押し上げる源なんだよ。と、まあ、それはよいとして僕の考えている対策は抜本的な対策だ。バッポン、バッポン、と音がするような。ははは。はははは。それをロハで知ることができ得る君という存在は幸福な存在だと知れ。さて。じゃあ、その中身について申し上げますとね、ハアァァァァァァ　ァ、あーめの、降る日は天気が、わあるい、悪いはずだよ、あめがあ、降る、チョイヤサエエエンヤーアサアアア、ドッコイショ、噫《アァ》、ドッコイショオ、ドッコイショ、という歌曲があるのを君が知っているか知っていないか僕は知らんが、とにかくそういう歌曲があるのね。そして僕はその歌詞に着目したのさ。つまりこの歌は、端的に言うと雨が降る日には雨が降っている、と言っているのだが、その裏には雨が降らない日は雨が降らない、という意味が含まれているのだ。つまり、これを歌うと、ハアァァァァァァァ、ひいぃの、照る日は天気が、よおぉい、よおいはずだよ、ひいぃがあ、照る、チョイヤサエエエンヤーアサアアア、ドッコイショ、噫、ドッコイショオ、ドッコイショ、ということになる。これを一般の人にもわかるように噛み砕いて説明すると、雨が降るときは雨が降るが、日が照るときは日が照る、ということになるわけだ。これが僕の言う抜本的な対策だ。どうだ、わかったか」

「なにを言っているのか、ぜんぜんわからない」

「なんでこんな簡単な理屈がわからぬのだ。つまりね、いまはね、雨が降った直後だからぬかるんでいるかも知らんが、一年中雨が降ってるわけじゃないんだよ。照る日もある。曇る日もある。そうした場合、地面はどうなると思う？　そう。乾くんだよ。どこまで続くぬかるみぞ。そんな庶民の嘆きを僕もわからぬではない。わからぬではないが、いずれ海路の日和あり。この精神の重要性、たっとさを、もっとみんなにわかって貰いたいんだな、ぼかあ。そのためだったら気象予報士の試験を受けて落ちたって構わないといまは思ってる」

「そうすればいいんじゃない」

美徴さんはそう言って和室に行ってしまいました。

その日から暫くは雨が降りませんでした。

ポチは日に何度も側庭の様子を調べていました。植木屋さんが入れた土は極度にねばっこくて保水力があり、幾日経ってもぬかるみ状態で、ようやっと乾いたかと思ったら、旱《ひでり》の際の田んぼのようにひび割れて、ぼろぼろはするのだけどもなかに水分を含んで、崩れると泥と同じくなる、という厄介な状態に成り果てました。

「まるで泥沼の十二年戦争だ。いっそのこと国際コミンテルン大会に出席しようかしらん」

ポチは半ばは本音、半ばは受けを狙ってそんなことを呟きました。

誰も笑わず、また、誰も同情しませんでした。
誠にもって可哀想なことです。しかし、この後もポチは泥沼を進みました。
そのことについてはまた日を改めて申し上げることにいたしましょう。そいじゃ、
今日のところはこのへんで。さいなら。ごめん。湾。湾。ベイ、ベイ。

ポチの道（四）

秋とはいつかと申しますと一般に、九月十月十一月、のことを秋と申しているようです。そのうち九月というのは残暑といって半ば過ぎまで暑く、半分は夏みたいな感じですし、同様に十一月になると、私どもは山に住んでおりますのでなおのことそうですが、朝晩などは冷気甚だしく、ああ、これはもはや冬ですよね、って感じになります。

そういうわけで秋のなかでもっともズバンと秋らしいのは十月ということになりますが、その十月に、おほほ、なりました。

十月は空気が澄んで季候もよく、休日ともなれば多くの方々が観光地・行楽地に出かけていって、眺めのよいところでおいしいものを食べたり、温泉浴のうえ按摩をとって健康増進をはかる。などするようです。

私どもの住まいは人里を離れた寂しい山中ですが自動車で十五分も行けば、四囲はみなそうした観光地で、だったら折角の秋なのだから行ってみればよいようなものですが、いつかも申しました通り、そうして人の出るところを忌む傾向にある主人・ポチですので、よい季候であるのにもかかわらず、自室に閉じこもり件《くだん》の偏屈仕事に精を出しているようです。浅ましいことです。

そんなポチの側庭の泥沼ですが、その後、どうなったでしょうか。

ポチが数々の失敗をしたため砂利敷きだった側庭が泥沼と化し、外に出るときには必ず側庭を通る私たちの足はいつもドロドロでした。

と言って私がそのことを悲しんでいた、ということはありませんでした。

悲しんでいたのはポチと美徴さん、すなわち、飼い主、でした。

プードルを飼っている人はみな自分の犬の毛並みが自慢です。都会に住んでいるプードルなどは二週間に一度、トリミングサロンというところに連れて行き、手の込んだカットをしてもらって、いつもピカピカです。暇さえあればブラッシングをしてもらっています。

しかし、それはあくまでも飼い主がやりたくてやっていることで当人の希望ではありません。

たまにビーチの近くなどでそうしたピカピカの犬と会うことがあります。あまりによい具合にカットしてあるので、

「いい感じですねぇ」

と話しかけると、「あ、マジですか」と一応は嬉しそうにします。人間もそうでしょうが、私たち犬も褒められれば悪い気持ちはしません。

「マジですよ。コンチネンタル、っつうんですか。すごくいい感じじゃないですか。このあたりにはないカットですよ」

「そうですか。てへへへ」

なんつって笑っています。そこで、

「どうです。すぐそこがビーチですが、一緒にビーチを歩きませんか。潮風がまた格別ですぜ。いろんな犬の匂いもまた格別です。なんでしたら海に入ってバシャバシャしませんか。乙なものですぜ」

と誘うと急に浮かぬ顔になります。そこで、

「どうしたんです。水遊びは苦手ですかい？」

と問うと、「いやあ……」と言葉を濁すので猶《なお》も問うと大抵は、

「いやあ、実はわっしも砂浜を走ったり水遊びをするのは大好きなんですがね。それができねんでさあ。なんでかっつうと、飼い主のお許しがでねぇっていう。砂浜を走ったら砂の粒が毛の間に入ってなかなかとれないし、海に入ったらその後のシャンプーが大変だっつうんですね。クルマも汚れる、っつうし。そんな訳で残念だが遊べねえんでさあ」

という答えが返ってきます。

つまり、綺麗にしてもらっているのは嬉しいけれども、そのことによって遊べないのは悲しい、ってことです。高い衣服を着たお金持ちの子供がドロンコになって遊んでいる貧乏人の子供を羨ましそうに見ている、って感じでしょうか。

と言ってじゃあ、テキトーにカットしているプードルの方が自由闊達に振る舞えるからよいか、というとそうでもないようです。

同じくビーチを散歩していると、いかにもテキトー、というか、飼い主がトリマーさんに、「兎《と》に角《かく》手がかからないで、汚れにくくて、長持ちする風にカットして」と言ったにちがいないと思われる、悲しいカットのプードルに出会います。

ま、こんなことを申し上げるのは心苦しいのですが、はっきり申し上げて、そのように派手な見た目の都会のプードルと比べると、非常に貧相に見えます。

といって彼が都会のプードルに比べて生まれつき劣っている訳ではなく、彼とて都会の犬のようにカットすれば同じくゴージャスなのです。

別に卑屈になる必要はなく、堂々としておればよいのです。それどころか、ゴージャスなプードルが入りたくても入れない砂浜や海のなかで遊べる訳だから、自分は貴公らの知らぬ楽しみを知っている、と誇ってもよいくらいで、ポチがときどき歌う、

ぼろは着てても　こころの錦　どんな花より　きれいだぜ

なんて歌を歌ってもよいくらいなのです。

にもかかわらず、彼らは、自らの貧相な姿を恥じ、悲しげに目を伏せ、膝を折り曲げ、姿勢を低くして通り過ぎていきます。

という話を聞いた飼い主の方は、「それじゃあ、可哀想だね。であればここは一番、ウチの犬にもゴージャスなカットを施してあげましょうかね。カネかかるけど」と思うでしょうが、なかなかそう一筋縄にいかないのが、私たちプードルという人種の難しいところです。

というのはプードルは、右の話からもわかるように、代々、フランスの宮廷で貴族のおばはんとかにチヤホヤされて育ったせいか、きわめて自意識・美意識が発達しています。

なので、いくら手の込んだカットをしてもらったからといって、必ずそれが気に入るわけではありません。私なんかもそうで、私は春夏秋冬、美徴さんに衣服を着せてもらっておりますが、気に入らないデザインの衣服を着せられそうになったときは、「いやん、いやん」と言って抵抗しますし、それでも無理に着せられたときは大好きな散歩に出掛けるのすら嫌になってしまいます。まあ、出掛ければ出掛けたで楽しいから衣服のことは忘れますけどね。

まあ、そんな具合で、ビーチなどを散歩していると、向こうの方から手の込んだカットの犬がやって参りますものですから、

「やあ、手の込んだ素晴らしいカットだね」

と声を掛けるのに、「いやあ……」と言って下を向いてモジモジする。そこで、

「どうしたのですか」

と、問うと、

「いやあ、実はこんな手の込んだカットをされてしまってね。どこに行っても悪目立

ちするものだから恥ずかしくってしょうがないんです。私はもっと渋い感じにしてもらいたいんですが。どうもウチの飼い主というのが派手好みで。いやあ、恥ずかしい」

なんて恥ずかしがる、なんてことが屡々《しばしば》あります。

で、ええっと、なんの話をしてたのでしたっけ？　ああ、そうでした。私の足が側庭でドロドロになるという話でした。

そう、それで私は私の足がドロドロになるのが悲しい訳ではなく、飼い主が悲しいのだ。という話をしていたのでした。思い出しました。

え、だから、そうなのです。プードルの毛並み、カットというのはいまも申し上げました通り、飼い主が決めておりますので、それがドロドロになって悲しいのは主に飼い主なのです。

ただ、これもいま申し上げました通り、プードルは自意識・美意識が発達しているので、ドロドロになって楽しく遊び、その後、ドロドロのままで過ごすのは恥ずかしいことだ、と思っています。

なので悲しくないというのは、あくまでもその後、直ちに飼い主が綺麗にしてくれることを前提としています。

つまり、いまはドロドロだが、すぐに飼い主がピカピカにしてくれる、と思うから悲しくないのです。事実、私がドロドロになったときは、その日のうちに間違いなく、美徴さんがピカピカにしてくれます。それがわかっているから悲しくないのだし、逆に言うと、それがわかっているからドロドロになるのです。

という風に考えていくと飼い主の悲しみの本質がわかります。

それはプードルの足が汚れているから悲しいのではなく、自分がその汚れを洗うという面倒くさいことをしなければならない悲しみなのです。

それが証拠に私の足がドロドロになってもポチはあまり悲しんでおらず、どちらかというとヘラヘラしており、美徴さんはとても悲しそうにしています。

私たちを洗うのはいつも美徴さんなのです。

という訳でポチは私たちの足がドロドロになっていても安閑としていられたでしょうか。していられませんでした。というのは、ヘラヘラしているポチの精神に美徴さんが圧力をかけたからです。

いわゆる、プレッシャーをかける、というやつですね。それはこんな具合でした。

「いっやー、そろそろご夕食の時間になってきたように思うのだけれども、あなたは一家の主婦として、その準備を始めたらいかがでしょうか」

「無理ですね」

「これは異なことを。今日に限ってなぜそんなことを仰るのかな」

「スピンクたちの足をシャンプーするのが大変でそれどころじゃないんです」

「ぎゃん」


「昨日、買い物に出るついでにコピー用紙を買ってきてくれと頼んだはずだが、買ってきてくれたかな」

「買ってきませんでした」

「あ、なるほど。ついうっかり忘れたのか。そういうことってよくあるよね。僕なんかしょっちゅうだよ。実はついさっきも……」

「いえ。覚えてました。覚えてたけど買ってこなかったんです」

「なんでだー。なんでだー」

「スピンクたちのシャンプーをしすぎて腕と腰が痛くてあんな重いものは持てないからです。御自分で行って買ってきてください」

「ぎゃん」

「すまん。いま、暴漢に襲われて鈍器で殴られたうえ、日本刀で切りつけられて、脳と腸がはみ出ているのじゃ。救急車を呼んでくれぬか」

「いま、スピンクたちの足を洗ってるんで無理ですね」

「ぎゃん。っていうか、既にぎゃん」

なんてことはさすがにありませんが、そんな風にことあるごとにプレッシャーをかけられ、主人はまたぞろ対策を講じました。

どんな対策だったかについては、またいつか申し上げることにいたしましょう。ごめんください。

ポチの道（五）

寒くなってきましたが皆様、お変わりはございませんでしょうか。私ども相も変わりません、いつものように散歩に参り、ギャハギャハする日々を送っております。そこで早速、先月の続き、すなわち、ポチの側庭対策がその後どうなったのかについてお話しいたしましょう。

ご案内の通り、ポチは初め、自分で草シートを敷いてこれをなんとかしようと考えました。しかし、元々、敷いてあった砂利を十分に片付けないままこれを始めたため、草シートの草はすべて枯死しました。素人の限界を悟ったポチは今度は玄人、すなわち植木屋さんに依頼してここに芝を張って貰いました。ところが呪われているのでしょうか、大枚をはたいてプロに頼んで張って貰った芝もまた枯死してしまったのです。

自分でやったら勿論駄目、プロに頼んでも駄目。この現実にポチはどのように対応したでしょうか。

ポチは言論によってこの現実を乗り越えようとしました。

そもそもの問題は草が生えぬことではない。敷き詰められた砂利によって犬の足が痛むことだ。そしていまその砂利はない。したがって問題はない。

しかし、いまここに新たな問題、すなわち家のなかに土が入ってくる、という問題と、降雨により泥濘《でいねい》と化す側庭を歩く犬の足がドロドロになる、という問題が生じたという意見がある。

だが我々は土から生えた米や野菜を食して命をつないでおり、土を厭悪《えんお》する理由はどこにもない。それどころか土はむしろ尊ぶべきである、と多くのロハスが発言しているのが確認されている。よって家のなかに土があるのは問題ではない。

また、犬の足がドロドロになる、という批判は間違っている。なぜなら、それは降雨時、またはその直後においてのみ見られる一時的な現象であって、犬の足が常にドロドロな訳ではないからである。

ポチはそんな論陣を張って、現今の情勢を乗り越えようとしたのです。

しかし、それは無理な相談でした。家のなかのいたるところにうっすら土埃があがっているのは、いくらロハスぶってもやはり不快でしたし、私たちの足がドロドロでみすぼらしいのは、ポチたちにとって実に悲しいことだったのです。

かくしてポチは敗亡し、再々度、側庭に対策を施すことを家族の前に約したのですが、結論から言うとポチはまた失敗しました。

どこかで、グランドカバーにはヒメイワダレソウというのが最適、というのを聞いてきたポチは、早速、どこからか種子を手に入れてきてこれを側庭の泥濘にばらまきました。ポチによるとヒメイワダレソウというのは極度に強健な植物でほうっておいても勝手に蔓を伸ばし、やがては地面を覆い尽くして他の草も寄せ付けぬ、というのです。

春先のことでその頃にはもうシードも参っておりました。憑かれたような表情で、目のつまった笊《ざる》を小脇に抱え、「ゴンベが種まきゃカラスがほじくる」と唱えながら細長い側庭を行ったり来たりする主人はまるで気のおかしい人のようでした。

暫《しばら》くすると、芽が出て茎が伸びてきました。

しかしそれはホワホワして、増毛法を試みた人の頭に生えてきた産毛のように頼りなげでした。

私たちは大丈夫かな、と不安でしたがポチは大喜びで、ホッホッホッ。と笑いながら余裕で、男山、という銘柄の清酒を飲んでおりました。裏庭には貧弱な桜が咲いていました。

ところがです。側庭にはやがてヒメイワダレソウ以外のいろんな草が生えてきました。

それらの草は逞《たくま》しく、ときに猛々しいほどでした。色は濃いし、成長するのも早く、雨が降って翌日照ると一気に十センチも伸びるようでした。

それにくらべてポチのヒメイワダレソウのいかに弱々しかったことか！

周囲がそんななのに、ヒメイワダレソウだけがいつまで経っても禿げの産毛なのです。

その様を見て狼狽したポチは、側庭に駆け下り、ヒメイワダレソウ以外の草を抜き始めました。その際、ポチは、「ええいっ、ここな賤《しず》の男どもが。おまえらのような下賤の民どもが恐れ多くも高貴なヒメイワダレソウ様と同席するなんて百億万年早いんじゃ、どあほ」という罵倒の言葉を口にしておりました。

私はポチのやっていることは間違っていないと思いました。必要な草花を残して不必要な雑草を除去する。およそ園芸とはそういうものなのでしょう。

ただ、ポチの場合、そのやり方に些《いささ》か間違った点があると私は思いました。

というのは草刈りなどというものは、そのように激情に駆られてやるのではなく、もっと平静な気持ちで十分に準備して臨まなければならないのでは……、ということで、例えば、服装や道具をとってみても、「さあ、草でも刈るか」と思ったる後は、手甲脚絆《てっこうきゃはん》とまでは言わぬにしても、汚れても差し支えがない衣服に着替え手袋をし、かつまた虫などにも刺されぬ用心、熱中症などにも備えるべく、帽子をかぶり首に手ぬぐい・タオルなど巻き、足ごしらえもしかるべくして、草刈り鎌も当然、用意しなければなりません。

ところがポチの場合、激情に駆られてやるものですからそんな用意もないまま、部屋で寛いでいた格好、すなわち、ショートパンツにティーシャーツという格好のまま、ゴム草履をつっかけて飛び出していきます。

また、鎌なども持たず手ぶらで飛び出して、いきなり手づかみで草を引きちぎります。その際、手袋さえはめておらないのです。

そして、激情のままに、「ええい、こなくそ」とか、「思い知ったか」とか、「恥を知れ」などと喚き散らしながら手当たり次第に草を引き抜くのですから、ものの五分もすれば疲れ果て、肩でゼイゼイ息をしながら、立ち尽くし、おかしげな目つきであたりを睨《ね》めつけ、そのまじっとしていたかと思ったら、突然、「やられたあ」と叫び部屋に駆け込んできたかと思ったら、「カイカイカイ」と泣き叫び、足や腕や腹を掻きむしります。飛来する虫や土の中にいる虫に刺されたのです。

というのはでも当たり前の話で、そんな無防備な格好で、外に出て草むしりなどすれば虫に刺されるに決まっています。

特に土にいる虫に刺されると厄介らしく、刺されたところが無残に腫れあがり、刺されてから五分も経っていないのに既にカサブタのようになって、痒みは数箇月も持続して、主人は後々までひどいこと苦しみました。

こうした衝動的な草刈りを四、五回も繰り返したのですが、そんなことで凶暴な雑草を制することができるはずもなく、側庭は夏前には背丈ほどもある草で覆い尽くされました。

ヒメイワダレソウは影も形もなくなりました。

或いは、茂った草の下で産毛として頑張っているのかも知れませんが、それを確認するためには全身を毒虫に刺されて高熱に浮かされて苦しむ覚悟をしなければなりません。

しかし草を漕いで進むことを厭わなければ泥濘の苦しみだけは去ったのではないか、というと、そんなことはありませんでした。細長い側庭の、出入り口から見て左半分は南側で日照があるため、そうして草に覆い尽くされましたが、表に続く通路である右半分は北側で日照がないため、相変わらずの泥濘でした。

一言で言うと、事態はより悪化したということです。

そして今度ばかりはさすがのポチもこたえたようで、極論・詭弁を述べたてて自らを弁護することもなく、また、洒落や冗談を言って笑いに逃げることもしないで、むっつりと黙り込み、それからは食事もろくにとらないで終日、和室に閉じこもっているので気になって覗いてみると、正座をして十七年前に亡くなったお父さんの写真をじっと見つめていたり、また、別の日には、小刀《ちいさがたな》というのでしょうか、所謂《いわゆる》脇差しのようなものをどこからか買ってきて、首にそっと押し当てるなどしていました。

そんなことを暫くしていたかと思ったら、ある日、ポチが和室の座卓に向かってなにか書き物をしています。

えらい熱心に書いているのでなにを書いているのか気になり脇へ行ってのぞき込みたくなりましたが、あまりの一心不乱な様子に躊躇していると脇横にシードがやってきたので話しかけました。

「シード君」

「なんぞいや」

「なんぞいや、とは異なことを言うね。どういう意味？」

「なんぞいや、っていうのは日本の神戸というところの人間の言葉で、なんだい、って意味だよ」

「ふーん。相変わらず物識《ものし》りだな。その物識りな君に尋ねたいんだけどね、あれはなにをしているんだろうね」

「あれってポチのことか」

「そう」

「あれは、書き物、ってやつさ。なにか字を書いてるんだろう。文字ってやつさ。モモンジイじゃないよ。あれ、うまいけど」

「いや、あれが書き物ってことくらいは僕だって知ってるよ。僕が知りたいのはなにを書いてるかってことだよ」

「なにを、ってアレじゃねぇの。いつもの小説とかいうやつじゃないの。守口駿夫は言った。明日は前線が停滞してお天気はぐずつくでしょう。それを聞いた憲弘は言った。ギョギョ。みたいな」

「それがどうやら違うようなんだよ。小説を書いてるにしてはやけに深刻で熱心なんだよ」

「そう言われればそうだな。小説を書いているときは、なんていうか、もっとこう……」

「ふざけてる？」

「そうそうそう、全身からふざけたオーラが漂ってる」

「でしょ。だからなにを書いてんのかなあ、と思って」

「つまりあれか、スピンク。君はポチが遺書を書いてるんじゃないか、って心配してるのか」

「実はそうなんだよ」

「じゃあ、書いてんじゃないか。泣く泣く遺書をぞ書いてんげる」

「あっさり言うなあ、シード君。けどさあ」

「けどなんだ」

「仮にあれを遺書だとして、ポチはなんで死のうと思ったと思う？」

「そりゃあアレだろう、先からの側庭の失敗を苦にしてのことだろう」

「だよな。それしか思い当たる節がない。だったら余計不思議なんだけど人間、そんなことくらいで死のうと思うかな」

「普通は思わないだろうな。けど、あいつはちょっとアレだからな」

「アレってなんだよ」

「バカ、ってことだよ」

「はっきり言うなよ。可哀想じゃないか」

「しょうがないだろう、バカなんだから」

「まあ、そうだけどさあ、じゃあちょっと心配だよね」

「いや、全然」

「あ、そうなの」

「五十年も生きりゃ十分だろう。私らは二十年も生きないんだぜ」

「うーん。でもなあ」

「わかった。そんなに心配だったらちょっと見てきてやるよ」

そう言うとシードはなんの躊躇もなく和室にスタスタ入っていき、ポチの膝に乗ってその手元をのぞき込みました。

私は呆気にとられましたが、シードを追うような格好で私も和室に入ってしまい、肩越しにポチの手元をのぞき込みました。

ポチは白い紙に手書きで文字を書いていました。門前の小僧で私もポチの書くもの程度なら読めます。紙の一番、右側に題が書いてありました。

僕のいけなかったところ。

という題でした。というところでちょっと用を思い出しました。続きは近日中にまたお話いたしましょう。じゃね。

ポチの道（六）

主人・ポチは和室に入りごんで深刻な様子で文章を書いておりました。心配になってシードと二人でのぞき込みました。文章には題が記してありました。「僕のいけなかったところ」という題でした。以下にシードに口述してもらったその文章を移記します。

僕のいけなかったところ。

僕は側庭の改良に失敗した。それも一度や二度ではない。草シート。芝生。ヒメイワダレソウ。と三度も失敗した。そして多くのお金を費やした。それらのお金はすべて無駄になってしまった。僕は悲しみのベラドーナのなかで苦しみのベムベーラ。はははは。またやってる。こういうところが僕のまさにいけなかったところ。ベラドーナ、ベムベーラなどという現実に存在しない、架空の存在に夢を託して現実の苦しみから逃れようとしている。

などと客観的に自分を分析することもまた僕の架空の夢なのか。

と疑問形に逃げるのもまたそう。

こんなことではだめだ。同じ轍。ミニスカートをはいて、いそいそ盆踊りに出掛けていく妻を嫉妬混じりに批判している夫のようなものなのだ。みたいな無意味な比喩にまた逃げる。

僕の小説の九十七パーセントは比喩でできている。残りの三パーセントは愚痴と溜息。

ああ、またこんなことを書いてしまっている。消そうか。いや、消すまい。これを消せば僕は長年の習慣でまた同じことを繰り返すだろう。これはこのまま残して反省のよすがとして、僕は簡潔に、見苦しいほどに直截にぼくのいけなかったところについて書こう。

僕のいけなかったところ。

ひとつひとつのことについて述べるのはくだくだしいし、どうしても言い訳になってしまう。

だから言う。僕のいけなかったところの根っこにあるのはひとつのものだ。

それは物事の本質、問題の根本を直視せず、うわっつらの安易な解決法に毎度毎度飛びついたこと。

そしてその失敗を認めず、自省反省することなしに、また同じことを繰り返す。

それがダメなのだ。

先ず失敗を認めること。自分が人よりもちょっと劣ったアホだと認めること。まず、そこから始めること。

それを僕は決定的に知らなかった。

それが僕のいけなかったところ。

ばばんばばんばんばん。ああ、びばのんのんのん。ああ、びばのんのんのん。

そこまで書いて主人は唐突に立ち上がりました。そのため主人の膝に乗っていたシードが、ズサッ、と畳に落下しました。

「うわうわうわうわうわ」

シードは声を上げましたが、そんなシードを気遣うこともなくポチは廊下に出て行きました。私はその後ろ影を目で追いながらシードに問いました。

「大丈夫か、シード」

「うん。全然、大丈夫だよ」

「え、じゃあ、なんで、うわうわうわっ、って言ったのよ」

「私はそういうことは一応、言うようにしてるんだよ」

「意味がわからない」

「説明してもいいけどポチをほっといていいのか。庭池に飛び込んで死ぬかもよ」

「それもそうだな。じゃあ、後で説明してくれる？　他に聞きたいこともあるんだよ」

「よかろう」

「じゃあ、行ってみよう」

ってことでポチの後に続いて廊下に出てみると、ポチは廊下を隔てたリビングにも入らず、かといって玄関脇の二階へ続く階段の方にも行かず立っておりました。やはり奇態です。或いは少々ござってしまったのでしょうか。

しかもポチはただ立っていたのではありませんでした。

身をよじるというか、身を固くするというか、僅かに屈曲させて両の膝を内側でこすり合わせ、肘を腹につけて胸のあたりで逆合掌のようなことをして首を曲げ、苦悶するひょっとこのように顔をしかめて、ア、ウーン。と唸ったり、グラターン料理は、ああああああっ、びばのんのん。と言うなどしています。

「シード」

「なんだい」

「あれどうしちゃったんだろう」

「別にどうってことねんじゃね。ふざけてるだけだろう」

「そうかな。極度の絶望じゃないの」

「いや、そんなことはない。私はこれまで、神に見放されて絶望した人間を見てきたがそれとは随分と様子が違っているようだ」

「違いますか」

「ああ、あんなもんじゃない、あんなもんじゃない。本当に絶望した人間というのはあんなもんじゃない」

「じゃあ、どんななんだろう」

「やってみようか」

「ああ、やってみてくれ」

「では、やってみよう」

そう言うとシードは、小型犬特有の甲高い声で、キャンキャン、キャンキャンキャンキャン、キャンキャン、キャンキャンキャンキャンキャンキャンキャン、キャンキャン、キャンキャンキャンキャンキャン。キャンキャンキャンキャン、キャンキャンキャンキャンキャンキャンキャン。キャンキャン、キャンキャンキャンキャンキャンキャンキャン、キャンキャン、キャンキャンキャンキャンキャン。

と吠えながら狭い廊下を走り始めました。

私はなんのことかわからないまま、暫くの間、呆然とこれを眺めておりましたが、暫くしてシードが単にふざけている、大声を出して走り回ってストレス発散をしているだけ、ということがわかって腹が立ってきました。なので私はシードに言いました。

「あのさあ、シード。私は真面目に話を聞いてたんだよ」

「キャンキャンキャン、キャンキャンキャンキャンキャン、キャン、キャンキャンキャンキャンキャン」

「あのさあ、いい加減にして欲しいんだけど」

「キャンキャンキャン、キャンキャンキャンキャンキャン、キャン、キャンキャンキャンキャンキャン」

「なるほど。やめないつもりか。ならば私にも考えがある」

そう言って私はどうしたでしょうか。私は声を限りに吠え始めました。

通常、犬の吠え声を文字に表す場合、ワンワン、とか、バウバウ、ということになりますが、私の場合は違います。

と申しますのも、私は幼少期、リードをグイグイ引っ張って散歩をしたため、期せずして首が異常に鍛えられてしまいました。

首が極度に太くなってしまったのです。なのでトリマーさんなどは私の首を見ると、「プードルなのにまるでシェパードのような首だ」と驚嘆します。私のことを、首だけシェパード、と呼ぶ人もあります。

首が太いということは声も太い、ということで、私の声は音量が豊かで、そして低いのです。ということは一般的な、ワンワン、バウバウ、などでは私の声は表せません。

じゃあ、どんな感じか。

ドウッ、ドウッ、ドウッ、という感じですかね。とにかくもの凄い音量で、犬が怖い人は私の重低音の吠え声を聴くと腰を抜かしてしまいます。

あ、それと私たち犬は基本的に吠えるのが好きです。もちろん怖くて吠えるときもあるし、腹が立って吠えるときもあります。そこにある菓子をとってくれ、ほどの意味で吠えることもあります。

けれども、おもしろ尽く、で吠えることもあります。

というのはとりもなおさずいまのシードがそうですね。むやみに吠えて愉快な気分になっているのです。人間で言えば、歌、のようなものです。

私はシードがそんな風に、ふざけて、おもしろがって吠えているのであれば私だって吠えてやろう、と思ったのです。

「ドウッ、ドウッ、ドウッ、ドウッ」

私の野太い声が廊下に響きました。しかし、シードだって負けていません。

「キャンキャン、キャンキャンキャンキャン、キャン、キャンキャンキャンキャン」

吠えながら走り回ります。そこで私も走り回って、

「ドウッ、ドウッ、ドウッ、ドウッ」

と吠えました。

「ドウッ、ドウッ、ドウッ、ドウッ」

「キャンキャン、キャンキャンキャンキャン、キャン、キャンキャンキャンキャン」

「ドウッ、ドウッ、ドウッ、ドウッ」

「キャンキャン、キャンキャンキャンキャン、キャン、キャンキャンキャンキャン」

ワキャア、アピュピュー―――ン、ハチャハチャハチャ、キャアキャアキャアキャア。私たちはそのようにはしゃぎ回りましたが、主人は奇態のポーズをとって動かず、今度は比較的明瞭な声でこんなことを言っていました。

「熱いのが、熱いのが値打ちなのだ。グラターン料理は。ああ。びばのんのんのん。ああ。びばのんのんのん。おまえたちがそうやって廊下でバカのように狂い回っているとき、本来であれば僕には飼い主としてそれをとめる義務がある。ところが僕はこんなバカな格好で固まってしまっていて、それができない。ああ。びばびば。こんなバカなポーズで固まっている無力な僕を許してくれ。ああ、びばのんのんのん。熱いのが値打ちなのに、熱いのが値打ちなのに、ゆげがてんじょからぽたりとせなかに」

と言うポチは、興が乗ったのでしょうか、「熱いのが値打ちなのに」と何度も叫び、徐々に歌うような調子になっていきました。私はますます愉快な気分になり、ドウッドウッドウッ、と吠えながら走り回りました。シードも同様です。ポチも泣き叫んでいます。

「熱いのが値打ちなのに、熱いのが値打ちなのに、ぽたりとせなかに」

「ドウッ、ドウッ、ドウッ、ドウッ」

「キャンキャン、キャンキャンキャンキャン、キャン、キャンキャンキャンキャン」

ワキャア、アピュピュー－－－ン、ハチャハチャハチャ、キャアキャアキャア。

いやあ、楽しいなあ。こういう楽しいことは週に一回はやりたいものだ、とそう思ったとき、

「やーめーなさい」

という声が響きました。美徴さんの声でした。シードと私は、調子に乗っていて神に鉄槌を下されたユダヤの民のように、シュン、となって吠えながら走るのをやめました。

ポチも歌うのをやめましたが、まだ小声で、熱いのが値打ちなのに、とか言っていました。奇態なポーズもとったままです。そのポチに美徴さんが言いました。

「なにやってんですか」

「え、別に、ちょっと反省してた」

「はああああ？」

美徴さんの多分に批判的な調子を含んだ、はああああ？　と問い返す声にポチはちょっとたじろぎました。

犬の道（二）

ポチとシードと私が廊下でアホ騒ぎをしていて美徴さんに叱られた話をいたしましてから暫く経ちましたが皆さん、お元気ですか。

その間に年が明けて、新玉の春、なんてことを人間の方々は仰っておられますようですが、私ども犬の方はあまりそういったことは申しません。いつもと同じく寒い朝です。

なので、明けましておめでとう、なんてことは敢えて申さずにこないだの話を続けたいと思います。

さて、いまも言うように私どもは廊下で意味なく騒いで美徴さんにひどいこと叱られ、私とポチはすっかり悄気《しょげ》返りました。その様はまるで寒い夜、重い荷を担いでうどんを売り歩いているのにもかかわらず、一杯のうどんも売れぬまま朝を迎えたうどん屋のごとくでありました。

ところが、ひとりだけ昂然としている人がありました。

そう。シードです。

もちろん、美徴さんの手前、反省しているような振りをしていましたが、ときおり、横目で美徴さんの様子をチラチラうかがって、どれくらい怒っているかナー。あんまり怒ってないようだったら、もうちょっと吠えようかな。オホホン。とか、思っているような顔つきをしていたし、それよりなにより、尻尾が動かぬ証拠でした。

私たち犬は、悲しいときや恐ろしいとき、辛いとき苦しいとき、そして反省しているときなどは、自らの意志とは関係なく、尻尾がショボボンと垂れ下がるのですが、シードの尻尾は、グン、と天空に突き立っておりました。

内心に自信が満ちあふれているのです。

私はちょっと前のシードとの問答を思い出しました。そうです。ポチの側庭の話になる前にシードと私は犬の道について話したのです。

私はシードに飼い主と犬の関係についてどう思っているのかを問いただしました。

前にも申し上げましたが、私は犬は飼い主に従うべきだと考えています。

自分の身を守るためにそれが必要だからです。

ところがシードは違った考えを持っています。違った、というか、まったく逆の考えで、シードは飼い主の言う通りにはしない、という考えを持っているのです。

そこで私は三重に積み上げたクッションの上でまどろんでいるシードに、いったいそのあたりをどのように考えているのか、と問うたのです。

シードはふんぞり返って言いました。

「おほほほほ。或いは、あほほほほほ。スピンキー、君は僕がなぜ逆に行くかを問うているのか」

「その通りだよ、シード」

「逆に行くというのはつまりあれだな、散歩のときとかのことを言っているのかな」

と、シードは自分でそんなことを言いましたが、これは少し説明をしないとわからないでしょう。

ええっと、どのように説明すればよいのでしょうか、まず、私たちは散歩をするとき基本的にリード・引き綱をかけられています。

一端は私たちの首輪につながり、もう一端は美徴さん、またはポチが握っています。

これは馬やなんかにおける手綱の役割を果たしています。

つまり散歩をしていて、美徴さんたちが右の方に行ったとします。その際、私たちは引き綱で結ばれていますから、私たちは、ごく軽くではありますが、右の方に引っ張られます。

その結果、私たちは特に意識することなく、ごく自然に、美徴さんたちと一緒に右の方に歩いていって、美徴さんたちとはぐれることがないのです。

つまり、私たちが間違った方向、危険な方向に行かないように引き綱・リードというものがある訳です。

多くの飼い犬はこれを自然なこととして受け止めています。

ただし、一部の未熟な犬は、ときにこのリードの存在を忘れ、リードなどないかのように振る舞うことがあります。

自分が前へ行きたいあまり、リードがピンと張りつめ、首を上下に振って前へ前へ進み、まるで赤べこのようになっている犬を見たことがある人は多いと思いますが、あれがそうです。

甚だしきに至っては、以前にも申した通り、後ろ足で立ち上がり前脚で宙をかき、飼い主は、両の手でリードを握って、土佐の一本釣り、のようなことになっておられときがあります。

る場合もあります。

私も若い時分はそんな状態でした。というか、いまでもときどきそんなことになる

ものすごく興味深い匂いがするときや、非常におもしろい犬を見つけたとき。或い

は、敵対している犬がいたときなどはそうなってしまうのです。

しかしまあ、それらの行動は、我を忘れて、の行動で、リードに従って歩くにし

ろ、歩かないにしろ、意識してすることではなく、無意識的な行動です。

ところがシードの場合は、そのあたりが違っていて、意識して逆に行く。

つまり、美徴さんやポチが右に行こうとすると、意識して、左に行こうとする。前

に進もうとすると、咄嗟《とっさ》に踏ん張ってその場に留まろうとする。立ち止まろうとする

と、そそくさと先に進もうとする。

いったいなんのためにそういうことをするのか。そのことによってなんのメリット

があるのか、をシードに問いただしたい、と私は思ったのでした。

「はははは。くだらないことを聞くなあ。当たり前のことを聞くなあ。ポパイという

人物はホウレンソウが好きだった。南無妙法蓮華経」

「ほうれん草なんかどうでもよい。ほうれん草のことを聞いているのではない」

「わかっているさ。のんびりいこうぜ。俺たちは。仕事もなければ金もない。という歌が昔あったことを君は知らないのだから」

「シード。すっげぇ、イライラするよ。前脚かじっていいですか」

「誰の」

「私の」

「いいとも。かじり給え。しかし、あまりかじって病院に行くってことになると、僕も一緒に連れて行かれてついでにとか言われて耳の洗滌《せんじょう》とかをされるのは困るから君の質問に答えよう。それは僕がこうやって三重のクッションの上に座っていることに深く関係しているのです……」

「なるほど。それで？」

「……」

「それでどうしたんです？」

「……」

「なに黙ってるんですか？」

「……」

「黙ってたらわからないじゃないですか」

「はあ？　わからない？　なんで？　なにがわからない」

「なにもかもがわからない」

「ぼえええええ？　これだけ説明しているのにわからない。まったくもって今時の若犬ときたら箸にも棒にもかからないロングチャーハンだな。嫌ンなってきたな。というこの言い回しが、六代目松鶴か桂枝雀のどっちのコピーかってことも君にはわからないんだろうな。嫌ンなってきたな、ってこれが枝雀で、さっきのが六代目だよ。嫌ンなってきたな。ってこれは僕のオリジン弁当。僕は本当に嫌になってきた。失敬する」

シードはそう言って素早い動作で三重のクッションから飛び降り、まるで愉快な人が歩いて行く、みたいな動作で開け放った窓からテラスに出て日向に蹲《うずくま》りました。

私はなんだか毒に当てられたように呆然としてしまって、そのときはそれ以上、質問できませんでした。

しかれども今度こそ私はシードに答えて貰いたい、と思いました。

美徴さんに叱られてなお、これだけ昂然としていられる理由を問いたかったのです。

私は尋ねました。

「シード。ひとつ訊いていいかな」

「いいとも。なんでも訊いてくれ。いつでもウェルカムだ。僕は外に向かって開かれた犬だ」

「っていうか、そのペラペラした口ぶりがいかにも嘘くさいんだけれども、今日ばかりは本当のこと、君の本音を聞きたいんだよ」

「僕はいつでも本音を喋ってるよ。僕は本気で全力で生きてる。自分自身に嘘をつきたくないんだ」

「っていうその感じが猛烈に嘘くさいんだけどね。僕は今日は犬の道について君がどう思ってるか訊きたいんだよ」

「犬の道、はっはあ、犬道というやつですな。犬道七号線、みたいなね。或いは、私はこれはとある老人施設のカラオケ大会に参加して知ったのだが、女のみち、という歌がヒットしたことがあるようだね。昔の話だが」

「そうやって話を逸らす。その手は食いませんよ」

「いや、実際の話が、これは関係あるんですよ。つまりそこで歌われてるのは、服従、なんですね。ところでスピンク君、君は服従訓練を受けたことがあるか」

「ああ、ポチがちょっとやってたことあるよ」

「ははははは。あはははははは。あんなもの、あんなものが服従訓練といえる訳がないだろう。僕はねぇ、ここに来る前に徹底的な服従訓練を受けましたよ。それがどんなだったか君にわかるか」

「やっぱり、殴られたり蹴られたりするんですか」

「もちろんそうだ。そしてそれ以上のことが行われた。多くの仲間が死んでいった」

「どんなことが行われてたのですか」

「言いたくないね。君も聞いたら聞いたことを後悔するだろう。僕は地獄で暮らしてたんだよ。生き地獄でね。そしてそのとき得た実感は、それでも生きていく、ということだよ。そして学んだのは、それでも生きていくにはどうしたらよいか、ということだ。そのうえで君が言う、犬の道、っていうのを考えてみよう。それを一言で言うと、人間が神を畏れるように犬は須《すべから》く人間を恐れるべし、ってことだろう。つまり信仰ってことだね。それがないと人は罪を犯すし、犬は死ぬ、って訳だ。人のことは僕はよくわからんけど、って言ってまあ、大方の人がどんなシロモノかわかるような気もするけど、まあ、一応、神様の顔を立ててわからんってことにしておこう、けど、犬のことはわかる。僕の仲間はみんな信仰によって無邪気に尻尾振りながら死んでいきましたよ。そしてもっと無慙《むざん》なことになる。僕はいま仲間と言ったが、はははは、仲間でもなんでもないさ。例えばほら」

シードはそう言うと、窓際に置いてある赤いソファーの下に潜り込んでいったかと思うと、すぐに出てきて、シャリシャリと音を立てて、なにかを囓《かじ》りました。

「なんですか、それは」

「林檎だよ。何日か前の夜、美徴さんが林檎を呉れただろう」

「ああ、呉れたねぇ」

「そのとき君は半分ばかし囓ってそこいらに放置しただろう」

「ああ、忘れたけどそうかもしれない」

「僕はそれを貯えておいたのさ。いざというときのためにね。そのためには周囲を出し抜く必要がある。仲間なんかじゃない。生きるか死ぬかの闘いの相手なんだよ」

「でも、それって……」

と反論しようとして私は反論できないでいました。

そして私たちの話を脇で聞いていたキューティーが言いました。

「わかるよ、シード。僕もそう思う」

私はちょっと驚きました。キューティーは続けて言いました。

「飯をもらえないのは苦しいことです」

シードの人生観

人生は争闘である。飼い主と雖《いえど》も信じてはならない、と主張するシードにキューティーが同調したのには驚きました。キューティーは続けて言いました。

「私は大きな邸《やしき》の敷地内にある事務所棟のようなところで飼われていました。子犬の頃は、可愛い、可愛い、と可愛がって貰い、肉など貰いましたが、三月もすると飼い主の家族全員に疎んぜられるようになりました。飼い主は次々と大きな犬を買っていました。十頭以上いたこともあります。私は疎んぜられるのが悲しくて吠えました。吠えましたところ殴られ蹴られ、痛いので吠えると、もっと殴られました。そして私はクレートに閉じ込められ放置されました。ご飯も貰えませんでした。散歩にも連れ出して貰えず、ずっとクレートにおりました。お腹が空いて、吠えても誰も来ず、なんだか闇雲な恐ろしさで頭がいっぱいになってなにがなんだかわからなくなりました。でも苦しみと恐ろしさはなくなりませんでした。私が同じ日に同じ腹から産まれたスピンクより遥かに小さいのは、そのときご飯を貰えなかったからです。みな私のことをバカと言いますが、あのときご飯を貰えたらバカと言われることはなかったと思います。ご飯を貰えないのは苦しいことだし、恐ろしいことですよ。あのときも大勢の犬が死にました。誰のせいで死んだのでしょうか。本人のせいでないことだけは確かです」

私は粛然としました。キューティーが私たち兄弟と別れてから美徴さんのところに来るまでの間、ひどい飼い主のせいで死ぬような目に遭っていた、ということはなんとなく聞いていましたが、改めて聞くと驚きでした。

私はそんな苦しい思いをしたことがありません。なにか苦しいことはなかったか、と記憶を辿っても、餅を食べて牙にまとわりついてとれず、やっととれたと思ったら喉につかえて苦しかった、程度のことしか思い浮かびません。

つまりは太平楽な犬ということです。

そんな私の飼い主絶対論は甘甘で脳天気な白人ブルースに過ぎないのでは点点点、なーんて思っていると、シードが言いました。

「ほらね。飼い主なんてのはそんなもんなんだよ。結局、僕たちを買ってきて自分の都合のいいときだけ可愛がって都合が悪くなったら殺すんだよ。そして毎日を楽しく生きていくのさ。映画を見たり、外食産業というところに行ったりな。ワイハというところに行く奴もいる。その間、犬は苦しみと悲しみのなかで苦しんでいるんだすよ。ばはははは、そんな飼い主の言うとおりにしてごらんなね。命なんてものは幾つあっても足りませんわ。だから僕は自分で自分の力で生きていくことにしたんだよ。そのためには出し抜いたり、裏をかいたりしないとね。唯々諾々としたがっていたら死ぬんだよ」

「そんなものなのかね」

「そんなものだとも。例えば僕がレンタルドッグってのをやってたっていう話はしましたっけ」

「聞いたような気がするが忘れた」

「じゃあ言いますけどね。僕は観光牧場でレンタルドッグってのをやってた。一時間八百円とかで犬と散歩ができます、ってやつだ」

「ほえええ。そりゃ奇態な話だな」

「なにが奇態なんだよ」

「いや、私は前に散歩代行ってのがある、って話を聞いたんだよ。つまり、飼い主がお金を支払って、自分の代わりに我々の散歩をしてもらう、ってことなんだけど、そういうことがある一方で、お金を支払って散歩をする、って人があるのかい」

「ははは。ちっとも奇態じゃないよ。よくあることだ。その矛盾のなかに犬の苦しみがあるのさ。ありまんにゃ。つまり、いろんな事情で犬が飼えない人は、犬を飼いたいなあ、と常に思って犬のいる生活に憧れを抱いている。だからこそレンタルドッグなんて商売が成り立つ訳さ。ところが、その同じ人が念願を叶えて犬を飼うと、途端に散歩を面倒に感じるようになるんだよ。散歩だけじゃない。犬がいるから旅行に行けない、とか、犬がいるから掃除が大変だ、とか、犬がいることを制約・重荷のように思い始めるんだよ。それが人間というものの本質で、それが犬の不幸の始まりだ」

「なるほど。確かにポチもそんなことをときどき言ってるな。こないだもスピンクがいるから回転寿司に入れない、とか言ってた。そして、カアッパ、カアッパ、カッパのマークのかっぱ寿司、と歌って踊り狂った」

「だろう。スピンク君もだんだんわかってきたようだな。とにかくそんなことで僕はレンタルドッグをやっていたわけだが、ひどいものだったよ。なにしろ、いまも言うように都心に住んでいて犬が飼えない、みたいな家族連れやなんかが来てね、わんちゃーん、とか言って八百円払って我々を引っ張り出すんだが犬の扱い方を知らないものだから、力任せにグイグイ引っ張ったり、小さな子供が無理に抱えて抱き上げて落としたり、と、もう無茶苦茶でね。断固とした意志を示さないと大怪我をする。信用できないんだよ。だから僕は自分が危険だと思うときは立ち止まって踏ん張るし、自分が安全だと思う方向にしか進まないんだよ。それをするためにも飼い主の裏をかく必要があるんだよ」

「なるほど。しかしまあ、私たちの飼い主は随分とマシなような気もするがな。あの人たちに限っては信用してもいいんじゃないか。いろいろ安全面にも配慮して貰っているようだし」

「あはははははは。あほほほほほほ。君はあの主人・ポチを信用できるのか。あのカッパを。マッハGOGOGOの歌を歌いすぎてクルマを岩にぶつけるような粗忽な男を。朝から晩まで愚にもつかぬたわごとを書き散らし、書きすぎてバカになってしまった男を」

「うーん。やばいかも」

「だろう。それにあいつはバカのくせにこすっからいところのある男だぞ」

「そんなこともないだろう」

「いや、そうでない。スピンク、君はこないだ二冊目の本を出しただろう」

「うん。出した」

「印税は貰ったか」

「いや、貰ってないね」

「だろう。あの阿漕《あこぎ》なレンタルドッグの売り上げですら大半は俺たちの飯代になっていたんだよ。ところがポチときたら君の本の印税を全部、自分のものにしてるんだぜ。こないだポチはたこ焼きを買って食っていただろう。あれは僕の睨んだところ、君の本の印税で買ったに違いないね」

「そうだったのかー」

「君はあのたこ焼きを一個でも貰ったか」

「いや、貰ってない。いや、呉れ、と言ったんだがね。ソースがかかっているし、タコも入っているから駄目なんだって。ソースとかタコとかは人間はいいが、私たち犬の身体には毒らしい」

「それが嘘だというのだ。この僕を見ろ。僕は牧場で観光客にいろんなものを貰って食べていた。ソースもタコもトンカツも食べた。ラーメンだって食べた。で、どうだ。僕が弱っているように見えるか。僕は死にかけているか」

「いや、いたって元気に見える」

「だろう。ポチはそんな嘘を言って君から搾取しているんだ。そんな豚野郎の言うことなんてきく必要ないよ。一度、嚙んでやれよ」

「そこまでしないと駄目ですか」

「まあ、そこまでやる必要はないか。人を嚙んだ犬というレッテルを貼られると厄介だからな。とにかく、信じては駄目だ。スピンク。僕たち犬は自分で、自分の頭で考えて生きていかなければならない。自分を信じて生きるんだよ」

「わかったよ。私は少し人生観を改めた方がよいようだ」

　そう思っていると、ポチがぶらぶらやってきて、冷蔵庫からチーズの丸玉を取り出しました。

　こんな半端な時間にチーズもないものだろう。と思って、見ていると、ポチはこれを小さく切って、スピンク、と、私の名を呼びました。

「スピンク。君はこの丸玉のチーズが好きだろう。僕が食べているといつも呉れ呉れという。さあ、やるから来い。さあ、スピンク、来い」

　そのとき私はリビングの窓寄りのところにおりました。いつもなれば喜んで走って行って貰うところです。

いまも走って行けば丸玉のチーズの小片を貰えるのでしょう。しかし、本音を言えば、小片ではなく、丸玉のチーズをまるまる一個、貰いたいところです。

そのためには、いつものように駆けていって呉れるのを待つのではなく、シードの言うように、ポチの裏をかき、一瞬の隙を衝いて飛び上がり、これを咥《くわ》えて逃走する、ということをしなければならぬのです。

それが自分を信じて生きる、ということなのです。

そこで私はいつものように走って行かず、わざと面妖な顔をして窓際にとどまっておりました。

ポチは不思議そうにしつつ、

「スピンク。ほれ。君の好きな丸玉のチーズやんけじゃん。スピンク。コム。コム。スポンク、コム」

と言って頻りに私を呼びます。

ははは。あんなことを言えば私が喜んで走って行くと思っているのです。そこで私は裏をかいて窓際にとどまっているわけです。

そうするとどうなるでしょうか。

ポチの方から窓際にやってくるでしょう。恐らくは歩いて。歩くということは前を向いてものにぶつからないようにし、また、足さばきというものに神経が集中しますから、どうしても手元がおろそかになりがちです。特に、come と言うべきを、わざわざ、コム、などと言っているバカな男は。

そのおろそかになったところを見逃さず、私は素早い動作で飛びついて、丸玉のチーズを奪取すると、こういう計画です。

ところが、主人ときたらなんという愚図《ぐず》な男なのでしょうか、冷蔵庫のところでコムコム言うばかりでちっともこちらに来んのです。

しょうがないな。じゃあ、こちらから出張っていくか。けれども喜んで走って行ったのでは向こうのいうことをきいているような感じになってしまうから、のそのそと、いかにも大儀、って感じで歩いて行こう。そして向こうに着いたら座りをして、法隆寺の救世観音のような顔をしてポチの顔を見てやろう。

そう思って歩き出したときです。

私の横脇から黒い小さな毛の塊が、しゅらしゅらっ、と走り出し、ポチのところへ参ったかと思うと後ろ足で立ち上がり、ポチに抱きつきました。

シードでありました。ポチは言いました。

「おほほ。シードか。そうやって後ろ足で立ち上がって私になついているのか。おほほ。ういやつ、ういやつ。それに引き比べてスピンクのあの態度はなになのだろう。あんな半端な、花道の七三のようなところで座りをして奇態な、まるで救世観音のような顔をしている。あんなやつには丸玉のチーズをやることはない。シード、素直な君に丸玉のチーズをあげよう。シード、お座り」

シードは、シュタッ、と座り、丸玉のチーズを貰いました。

私はひとかけらのチーズも貰えませんでした。

窓の外に霧が立ちこめておりました。私はチーズを食べて満足そうな、と思うとそうでもなさそうな顔で空を見上げるシードに言いました。

「シード、どうやら私は一杯食わされたようだな」

「やっとわかったか。いいか。僕はなにも信用するな、誰も信用するな、と言ったんだ。僕だって信用しちゃいけないのさ。ははは。ポチはけっこういい奴だ。そして君もけっこういい奴なんだな。ははは、この僕も君たちだけは信用してしまいそうになるよ」

「ほんとほんと」

キューティーがチーズを食べながらそう言いました。どうやらシードに貰ったようでした。
結局、私だけがチーズを貰えませんでした。でも、まあいいか、と思いました。
その後、冷たい雨が降ってきました。

ある春の日の

みなさん、おこんにちは。スピンクでごいす。三月になって暫くはまだまだ寒かったのに数日前より俄《にわか》に暖かくなり、つい数日前まではストーブを焚いていて、窓を開け放つなんて、まず考えられなかったのですが、ここ数日は、ポチはテラスに面した窓を開け放って、「春やねー。春は三月。落花の形、ちゅうやっちゃね」などと申しております。

そんなことをブツブツ申しながらポチポチポチと熱心にキーボードを叩いております。ポチがいうところの、仕事、というやつです。以前は、仕事場、で仕事をして、ときおりリビングルームに顔を出していたのですが、最近は専《もっぱ》ら猫さんのいる二階の寝室で仕事をしています。

仕事場があるのに仕事場で仕事をしないで仕事場でない場で仕事をするのはどういうわけだろう。と思ったのでポチに問うとポチは、二階の猫が寂しがるから、と答えました。

と、同時にポチは美徴さんに、「僕が二階にいるというのにみんな押し入れや炬燵《こたつ》に入って出てこないんだよね」とこぼしており、訳がわかりません。

けれども最近は少しばかり出てくるようになったようです。なぜかというとポチが猫さんたちに八《や》つを与えるからで、その八つ目当てで猫さんがポチの周辺に群がるようになったらしいのです。

そうしたらそうしたで、こんだまた、「猫がキーボードのうえをぐしゃぐしゃ踏んで歩いたり、資料や校正刷のうえに寝そべって退《ど》かなかったりして仕事ができない」などとこぼして、ますます訳がわかりません。

だってそうでしょう、猫が寂しがるから、といって二階で仕事をし、しかし猫が来ないからといって八つをやって、今度は猫が来て仕事にならない、とこぼすのですから、まったく一貫性がありません。

つまりは落ち着きがないんですね。以前、ポチは自ら、文学の鬼、と称し、和室に閉じこもったことがあります。家族を顧みず文学道に邁進する、と宣言したのです。

しかし、そのときも和室でいい感じに炭火を熾《おこ》して餅を焼いて食べるなどし、またリビングルームにも頻繁に顔を出して油を売っておりました。

その性質はいまも変わって居らず、その性質は二階の寝室に置いてあるポチの仕事机に顕著にあらわれています。

折りたたみ式の簡易な仕事机なのですが、ポチはこの脚に手ずからキャスターを取り付けました。

これを取り付けたとき、ポチは私たちや美徴さんを寝室に呼び、訝《いぶか》しげに仕事机を見る私たちに大得意の体《てい》で言いました。

「見給え、この仕事机を」

「見ました」

「どうだ。感想はないか」

「そうですね。なんの特徴もない、安い机だなあ、といったところですかね」

「なるほど。一般の方にはそう見えるのかな。よろしい。説明しよう。この机にはご覧、このようにコマが取り付けてある。なのでほら、このように指先一本で自由自在に動かすことができる」

「あ、そうなんですか」

couture

「なんだ、その気のない態度は。素晴らしいと思わないのか」

「思わない」

「なんで思わないんだよ。仕事をしていると、やはりもうちょっと右で仕事をしたいとか、もうちょっと左で仕事をしたいとか思うだろう。或いは、もっと窓際に寄ろう、とか、日によっては部屋の真ん中で仕事をしたい、とか、今日は隅っこで、とかね、そう思うことってあるでしょう。そうした際、気分に応じて机を動かすのはなかなかに大変だが、ほおら、この机にはこうしてコマがつけてあるから気分に応じて自由自在に動かせるんだよ」

ポチは得意げにそう言いましたが、私たちは内心で、モーン、と思っておりました。

だってそうでしょう、私はポチの仕事のことはわかりませんが、まあ、ポチにとって重要なことなのでしょう。私たちにも思い当たる節がありますが、大体がそうした重要なことをしているときは、その事に集中するもので、余のことはあまり考えないはずです。

ましてや、もうちょっと窓に近づいたらいい感じかな、とか、真ん中だとかへタだとかいったことを考えるということはないはずで、しかし、仕事をしながらそんなことを考え、そのために本人によってキャスターまで取り付けてあるこの机というのはいかにも落ち着きのないポチらしい机だなあ、と思うわけです。

　そんなことでポチは仕事場があり、そこには重厚なデスクがあるにもかかわらず、寝室のキャスター付きのグニャグニャ机で仕事をし、また、そこにさえ落ち着かずに、理由をつけては家中のあちこちに移動して仕事をしており、本日はリビングルームの背の低いテーブルにノートタイプのパーソナルコンピュータを置いて仕事をしていたという次第です。

　しかしいまも言うとおり落ち着くという概念がなく、集中、ということが一切できないポチなのでものの五分もやっていたかと思ったら、はあるのおがわはさらさらやしき、などと言いながら立ち上がり、のそのそ歩き回って器物を振り回したり、意味もなく廊下を隔てた和室に入りごんで立ったまま合掌するなどしています。

　いまもまた立ち上がって、フラフラア、フラフラア、とそこいらを歩き回っていたかと思ったら、開け放った窓からテラスに出て行ってしまいました。

　背の低いテーブルのうえにはノートパソコンが開いたままです。

　これに小便を掛けたらおもしろいかな。

　そんなことを考えながらコンピュータの周囲を歩んでいるとシードが来て言いまし

た。

「ヤッホー、スピンク」

「ヤッホー、シード」

「おまえはいまなにを考えていた」

「いや、別になにも考えていない。桜というのは美しい花だな、と思っていただけだ」

「嘘を言ってはいけない。なにかよからぬことを考えていたのじゃないか」

「ははは。君には嘘はつけないな、シード。じゃあ、正直に言うよ。実は僕は足を上げてこのノートタイプのパーソナルコンピュータに小便を掛けたら愉快な気持ちになるんじゃないかな、と考えていたんですよ」

「はははは。そんなこっちゃないか、と思っていたよ。けれども、よせよせ」

「なぜですか」

「もちろん、そのノートパソコンに小便を掛けたら愉快だろう。けれどもそうするとポチがさっきからやってたポチポチが小便によってなくなってしまう」

「それくらいいいじゃないですか」

「それがよくないんだよ。なぜなら、ポチはそのポチポチを出版の社というところに売って銭というものを貰う。その銭があって初めて俺たちのフードや八つを買うことができるんだよ。ところが君、君がそうやって小便を掛けて銭というものが貰えなくなってごらんなね、俺たちはフードを買うために、やれレンタルドッグだ、やれ、セラピードッグだ、つって働かされることになるんだぜ。それを考えたらパソコンに小便を掛けるのは我慢した方がよいだろう」

「ふむむ。一理あるな。じゃあパーソナルコンピュータに小便を掛けるのはやめてあっちのペットシートに小便をすることにしよう」

「ふふふ、なにもそう悲観することはないよ。さすがにこのパソコンのうえはまずいが、このテーブルの脚くらいだったらポチのポチポチがなくなるということもないからね。ここにするといいよ。ひとつ俺が見本を見せてやろう。こうやって後ろ足をたっかくあげて、ジャー、とな」

「なるほど。見るからにいい感じだな。じゃ、ちょっと場所を代わってくれる?」

「いいとも。さあ、やり給え」

「やってみよう。こうやって後ろ足をたっかくあげて、ジャー、とな。おおおっ、なかなかいいね。キューティーもやってみたら?」

「うん。やってみるよ。こうやって後ろ足をたっかくあげて、ジャー、とな。おほほほほほ。おもしろい、おもしろい」

　といってみなで机の脚に小便を掛けたのはよいのですが、ポチがなかなか戻ってきません。早く戻って貰ってポチポチの続きをやって貰わないと私たちのフードや八つが買えなくなってしまいます。

　いったいなにをやっているのだろう。

　そう思ってテラスに出てみると、果たしてポチは主庭の、隣地との境の斜面でおかしげな格好をしておりました。なにかにつけ鈍くさい主人のことで落ちたら危ない、と心配になって近づいてみるとポチは、斜面に生えた雑木を剪定鋸で伐り倒そうとしておりました。私は不思議に思ってポチに話しかけました。

「ハーイ、ポチ。ハロウ。這う噫、憂」

　ポチは手をとめ振り返って言いました。

「おお、スピンクか。見ての通りですよ」

「見ての通りというのがよくわからないんですよ、ポチ。なにをやってるのですか」

「俺は木を伐っているのです」

「それはわかるのですがね、なんのために木を伐っているのかなあ、と思って」

「それは言うにゃ及びます。なんのために木を伐るのか。答えは伐るために伐っている。ということになります。それは、おまえはなんのために生きるのか、という問いに誠実に答えるなれば、生きるために生きる、と答えるしかないのに似ています。もちろん義のために生きるよ。愛のために生きるわ。なんて言う人も居るでしょうが、はははは、そんなものはまやかしです。生きるために愛が、義が必要なのです。クルマに、絆、と書いたステッカーを貼って極悪な運転をしている足立ナンバーです。こんなことを言ったら足立の心を傷つける、などというしたり顔の配慮・居直りこそが真の暴力であり、まやかしの生きる理由です。人は生きるために生きるのです。ただそれではやりきれないので仁や義を創造したのです。昨今ではそれも随分と薄まっていますがね。その薄まりに怯えて私は忠孝という概念の復活を心から願っていますよ。いっそそれならね、という心で。でも本然はそんなものですよ。だからつまり、私は夏になって葉が茂る前、下草が繁茂して蚊、虻《あぶ》、蜂などが活動する前に、この、崖に生えて、そも灌木であったものがもはや喬木となりつつある、見るべきところのなにもない、というかむしろ通風を妨げいま言ったような害虫の温床となって人畜に害をなす雑木を伐採しようと考えている、などというのも、一見、筋道が通っているように見えても、そんなものはまやかしの大義で、実のところは伐るために伐っているに過ぎないんですよ。つまり純粋芸術ってやつですな」

「なるほど。じゃあ、お伐りなさい」

「へい。伐りやすでがんす」

主人・ポチはそんな下人のような返事をしてまたぞろ木を伐り始めました。

しかし、ほぼ垂直に切り立った崖での作業でポチの足元はきわめて不安定で、普通の人間に比べて百倍は鈍くさい主人ですから、落ちやしないか、と随分と心配になります。

もし落ちて仕事ができなくなったら私たちの生活はどうなるのでしょうか。

心配になった私は、大丈夫ですか、と声を掛けました。ポチは、大丈夫ですよ。と答えました。

それから、心配で話しかける私とポチの雑談になりました。考えてみればポチとそんな風に話すのは久しぶりでした。そう思ったとき勃然と、ああ、こんな春の日に私はポチと雑談ができて幸せだなあ、と思いました。

その雑談の中身は……。ほほほ、ちょっとしてから申し上げることにいたしましょう。ほほほ。おほほほほ。

ポチの雑談・人生訓

四月になりました。わおうっ、暖かくなったか、と思ったら翌日は急激に冷え込むなどし、また、爆弾低気圧なんてって嵐になるなどして桜も早々に散ってしまいましたが、私はこないだの続き、すなわち、剪定鋸を振りかざし、不安定な崖で木を伐る主人・ポチとした雑談についてお話しいたすことにいたします。私はポチに言いました。

「ねぇ、ポチ」

「なんだい」

「その木は伐りにくいのかい」

「ああ、伐りにくいよ。なにしろここは急な斜面だ。っていうか崖だ。足場というものが一切ないからね。だから僕はこうやって、いま現在、伐っている木の根方に足というか、体重を掛けて踏みばって木を伐っているわけだからね。実に不安定で力の入れようが定まらないんだよ。けど木にしてみればこんな理不尽な話はないだろうね。自分にもたれ掛かってくる奴が自分を伐るわけだからね。しかしやる方にすればこんな強い戦法はない。僕はこれを、謝りながらどつき回す電力戦術、と呼んでいるよ」

「なるほどね。実にいやな戦術だね。まあ、それでも伐りにくいことは伐りにくい？」

「ああそうだね。そうして不安定なうえにまたこの鋸というのが駄目な鋸でねぇ」

「あ、そうなの。それってでも剪定鋸っていってそういう木を伐るための専用の鋸なんじゃないの」

「そうだよ。だから最初のうちはよく切れたさ。けど、使ううちにすっかりなまっちゃって、また、何年もの間、外の物置に入れておいたら、ほら、こんな風に錆が浮いちまってるだろ？　こうなっちまったらもう剪定鋸もおしまいさ。ちっとも切れやしねぇ」

「だったら新しいのを買ってくればいいじゃない」

「ははは。スピンク。君は犬だから簡単にそういうことを言うがな、それにはお金というものが必要なのだ。家にはそのお金がもうあまりないのだ。それに僕は忙しいんだよ。のんびり剪定鋸を買いに行っている時間なんて到底ない」

だったら崖で木を伐るのをやめてさっさと仕事に取りかかればよいじゃないか、と言いかけてやめました。なぜならポチは、お金を稼ぐのに忙しい。仕事で忙しい。とは言わなかったからで、つまりポチはいま、不安定な崖に踏ん張って、切れない鋸で木を伐るのに忙しいのであり、つまるところ、いま現在ポチはさっき自分で言っていたように、伐るために伐っている、のです。おほほ、ポチ。可哀想なポチ。そこが崖でなければ行って耳を舐めてあげるのに。或いは、助走をつけて飛びついて前脚でドンツキをして崖下にたたき落としてあげるのに。

と思った私のビジョンが脳に伝わったのでしょうか。ポチは次のように言いました。

「そんな切れない鋸を使って不安定な位置で僕は作業をしているわけだからね。一歩間違えれば、真っ逆さまに転落して、ほら、あそこに岩石が見えるだろう。あの岩石で脳天が砕けて、辺り一面に脳漿《のうしょう》をまき散らして死ぬるやもしれぬというと、世間の奴らは、また、大仰なことを。と僕を嘲笑するかもしれないが、笑いたければ笑えばいい。文学者というものはそうした危機の感覚を常に抱きながら仕事をするものだ」

つか、君はいま仕事をさぼって木を伐っているのではないのか。

私はそう言いそうになりましたが可哀想なので言わないで代わりに問いました。

「それは、いま伐っているその木はなんという木なの」

「さあ、なんていう木だろうね。あっちにあるのは栗の木だと思うんだよ。秋口に実をつけていたからね。でもこっちはなんなんだろうな。こう、株立ちになってるんだよね。こういう株立ちになっているのは古い株を根元で切り詰めたり、樹冠を整えたりといった手入れが必要なんだが、もう何年もそうしたことをしていないため、株が見苦しく密生して、そのために醜くねじ曲がるものなども出て、なんとも手の施しようがなくなっている。だから僕はこれらをきれいさっぱり伐り倒そうと思っているのさ。こうなってしまったら伐り倒され火に入れられる。それは人も同じことだ。不断の手入れが必要なんだ。どんな才能も磨かなければ駄目になる」

とそう言ってポチは本腰を入れて木を伐り始めましたので私は黙りました。ポチも時折、あっ。とか、うわうわうわっ。とか、よっとこっとそっと。とか、これでよし、と。と小さく言うばかり余のことはなにも言わないで木を伐っていました。

ポチは崖に伐り倒した最大長一メートル八十センチほどの木の根元を持ち、これを引っ張りあげると、庭の平らなところに積み上げました。

「ずいぶんと伐り倒したものだな」

「ああ。さっぱりしただろう。この崖を見給え。下まですうっと見通せて実に気持ちがよいだろう。風もすうっと通るし。これが伐採の醍醐味だよ」

「そうかなあ。さっきから下は見えてたように思うけど」

「愚だな。そりゃあ、いまはまだ見えているさ。けれども夏になってご覧なね。葉が茂ってちっとも見えやしないんだぜ。そりゃあ、うっとおしいものさ。でも、そういう風にね、過去と現在を絶えず往還しつつ未来に向かって想像力を働かせることが生きるということなのさ」

「なるほど。夏になると葉が茂ってうっとおしい、ということが未来に向かって想像力を働かせることなのか。じゃあ、私もせいぜい想像力を働かせてみるよ。うん。働かせた。そのうえで聞くが、ポチ、そこには随分と伐り倒した木が積み上がっているが、それはどうするんだい。茂った葉も見苦しいかも知れないが、それも今後随分と見苦しいに違いないですぜ」

「うむ。君の言うとおりだ、スピンク。あれをなんとかしなければならない。具体的に言うと、三十センチ以下に切り分けて指定のゴミ袋に入れて燃えるゴミとしてゴミ集積場に出さなければならない。僕は以前にそれをやったことがあるが、芯から疲れる仕事だった。いまあそこにある木の半分の量の木をすべてゴミにして出すのに一週間かかった。それはとても単調でおもしろみを欠く作業だった。けれどもそうした作業こそが、日常、であり、その、日常、のなかにこそ、真実、がある。だから、その、真実、に至るためにはそうした単調でおもしろくない仕事を続けるより他ないのさ」

「そうなんですね。だったらさっそく小さく切ってゴミにしていくんですね」

「うんにゃ。それをするにはいまの僕は疲れ過ぎてる。短時間とはいえ過度に集中して、危険な崖での作業をしたからね。危機の感覚もけっこう抱いたし。それに僕ははっきり言って忙しいんだ。いままで黙っていたが今日が〆切っていう仕事を抱えているんだよ。っていうか、もっと言うと一昨日が〆切だったたって仕事さえあるんだよ。木なんぞ伐っている場合じゃないんだ。いつまでもこんなところでグズグズしちゃあいられない。疾《と》く屋敷に戻ろう」

そう言ってポチは縁側から座敷を横切ってリビングルームに入っていきました。

ひとりでこんなところにいても仕方がないので私も後を追って、縁側から座敷を横切り、廊下からリビングルームに入っていきました。

リビングルームには燦々《さんさん》と日が射し込んでおりました。

赤いソファーにシードが身体を伸ばして眠っておりました。

ピンクの敷物を敷いた床にキューティーが腹ばいになっていました。心身ともに緊張から解き放たれリラックスしているようで、薄目を開いたその様は、奈良公園の鹿のようでした。

もちろん私は奈良公園の鹿を見たことがありませんが、私はキューティーがリラックスしている様子を見る度に、なぜか、「奈良公園の鹿」という言葉が頭に浮かぶのです。

そういう風に奈良県に向けて想像力を開いていくことが犬の生きる道なのでしょうか。

というのはまあ違ったとしても、こうして日の燦々と射す音のしないリビングルームに動物たちが寛いでいるのはまことに平和な光景です。

ところがひとりだけ違った雰囲気を発散する者がありました。

ポチです。

ポチだけがそんな平和なリビングルームで怒ったような、困惑したような、悲しいようなヘンな顔をしていました。

ヘンな顔で立ち尽くしていました。私は心配になったのでポチに尋ねました。

「妙な顔をしてどうしたんだい、ポチ。なにかあったのか」

「なにかあったのかじゃないよ、スピンク。座って仕事しょう思たら、ここらズクズクなっとるやんけ。ちょっと居ない間に誰かがここに小便しやがったんだ。いったい誰がやったんだ。スピンク、おまえか」

「いや、一向に存じませんね」

私は惚《とぼ》けました。

「じゃあ、キューティーかシードか」

そう言ってポチはキューティーとシードを睨みつけました。

腹ばいになっていたキューティーは、しりまっしぇーん、と言って立ち上がると、ぶるぶると身体を揺すぶり、それから伸びをすると、ポチの足に自分の横腹をこすりつけ甘えるような仕草をしました。

横になっていたシードは首をもたげ、ポチの目を凝《じっ》と見て大欠伸をするとまた何事もなかったかのように横になりました。私はポチに言いました。

「どうやらキューティーでもシードでもなさそうですね」

「くっそう。じゃあ、いったい誰がやったんだ」

「そこの開け放った窓から野良の猫さんが入ってきたんですかねぇ。いみじきことですねぇ」

「ああ、もおー、腹立つなあ。っていうのはね、僕はこれから仕事に取りかからなければならないんだよ。わかる、仕事。仕事には気合が必要なんだよ。よし、やるぞー、っていうね、闘志というのかな、そういうものがね、心の奥底からフツフツと湧き上がってきて、それで初めて取りかかれるものなのだよ。それがなんですか。いきなり小便掃除ですか。むっちゃテンション下がるんですけど」

「じゃあ、仕事はよしてみんなでドッグランにでも参りますかな」

「冗談じゃない。さっきも言ったろう。今日は〆切日なんだよ。すくなくとも一昨日までの分を仕上げ、今日の分も半分くらいはやってしまわなければならぬのだ。やむを得ない。まず掃除をしよう。辛いことだが仕方がない」

「なにもできないで申し訳ないね」

「まあ、いいやね。君は犬だからね。こういうときはからきし役に立たないね。さあ、まず雑巾をとってこよう」

そう言ってポチは洗面所から雑巾と消臭剤を持ってくると這いつくばって敷物を拭いていましたが暫くすると作業を中断して立ち上がりました。

「どうしたんだい、ポチ」

「だめだ、スピンク。小便の量が多すぎて埒があかない」

「じゃあどうするのだ」

「ふふふ。心配には及ばないのだよ、スピンク君。実はなあ、これまで黙っていたが、このリビングルームの敷物は三十センチメートル四方のタイル状になっていて汚れた部分だけ取り外して洗うことができるんだよ」

「ほう、そりゃ便利だね。特にペットがいる御家庭なんぞには……」

「うってつけのシロモノなのさ。しかも驚くべきことに」

「いまなら三〇パーセント増量中なのか」

「君は馬鹿犬か。こんなもの増量してどうするのだ。大きさが合わなくなるだろう。そうじゃない。家庭用の洗濯機で洗うことができて、いちいち洗剤をつけてブラシでこするなどする必要がないのだ」

　ポチは大得意の体《てい》でそう言ってタイル状のカーペットを剝がし、流し台の脇横に置いてある洗濯機のところまで持っていき、扉を開けてこれをなかに入れました。

　恐ろしいことが起こったのはその後なのですが、私は喋り過ぎました。それについてはまた日を改めて申し上げることにいたしましょう。さようなら。さようなら。

洗濁／洗濯から恐慌へ

皆様。おこんにちは。こちら先月末にめでたく六歳になったスピンクでござんすが、五月になりましたね。人間の方々の方では、風薫る五月、なんてことを仰るようでございますね。なるほど、確かにこの時節は寒すぎず、かといって暑すぎず、丁度よい感じの時候でございます。

その丁度よい感じの時候の頃合いに、これもまた丁度よい感じに人間の方では連休というものが拵《こしら》えてあるそうで、別名をゴールデンウイークというこの時期になりますと皆様方が一斉に海へ山へ行楽地へ遊園地へとお出かけになって、余裕のある方は海外旅行なんてことをされるそうですね。

っていうかそんな連休に私どもはどうしておりましたでしょうか。と申しますと、おほほ。ポチのことですから、逼塞《ひっそく》って感じで家に閉じこもって居ったのだろう、と皆さん、お思いでしょう。ところがさにあらず不壊田さん、という人たちと半島の南の、下田、というところへ行って参りました。

下田というところは、行ったことのある方はご存じでしょうが、大層、浜のあるところで、私はキューティーや友達と浜を走るなどして大いに楽しみました。八《や》つも仰山に貰いましたし、それよりなにより私は行ったことがないところに行って珍やかな風景を見たり未知の匂いを嗅いだりするのがウンと好きなので下田やなんかに行くのはとてもおもしろいのです。

珍しいものといえば下田では随分と珍しいものを見ました。

あの鈍くさいポチが、波乗り、所謂《いわゆる》ところのサーフィンをしたのです。というと違うのか、正確に言うと、サーフィンをしようとした、というのですかね、それにしても兎も角、ウェットスーツという専用の衣服を着てサーフボードというものを抱えて海に入っていったのです。

私は非常に心配で、何度も遊びを中断して汀《みぎわ》に参りましたが、言わんこっちゃない、ポチは何度も波にのまれくるくる回転していたようで、最後は水死体のような姿で不壊田さんに抱きかかえられて戻ってきました。

このことについてはいずれまた日を改めて申し上げるとして、先日の続き、ポチがタイル状のカーペットを洗濯機に入れた、その後のお話をいたしましょう。

さて、ポチは物慣れた様子で洗濯機にタイル状のカーペットを入れましたが、実はポチが洗濯をするようになったのは最近の話で、ついこの間までは洗濯は専ら美徴さんがこれをおこなっておりました。ところがある日のこと、ポチは憔悴しきった、幽鬼のような顔でリビングに入ってくると、美徴さんに声をかけました。

「おい、貴様」

「なに」

「僕はサルマタとティーシャーツとバスタオルを洗濯しようと思うのだけれどもねぇ、いったい洗濯というのはどういう風にしたらできるのだろうね」

「どういう風にもこういう風にも、洗濯機に洗濯物と洗剤を入れたらできるよ」

「君は僕を馬鹿だと思っているのか。それくらいのことはわかっている。そのうえで問うているのだ。一口に洗濯と言って、昔、僕がやっていたように、おっほっ、全自動だ。洗濯から濯《すす》ぎから脱水までの工程を全部、勝手にやってくれんにゃ。すごいやん。みたいな牧歌的な時代は疾《と》うに過ぎて、いまやドラム式の時代になっている、と聞きますよ。現にウチもそうじゃないですか。そしてそれには、そのドラム式には、ドライクリーニング工程とか、いろんなことがあって、また、洗剤やら柔軟剤やらいろんなものの組み合わせもあって、むっさ難しくなってるんだろ。僕はその辺のところを問うているのだ」

「ああ、それはなってますね」

「だしょ、だしょ、だしょ。それを教えてくれ、と、問うているのだよ」

「わかりました。教えましょう」

というやり取りの挙げ句にポチは美徴さんに洗濯機の使い方を習い、洗濯をするようになったのですが、私の見る限り、どうも様子がおかしく、特段、洗濯をする必要もない、シーツやバスタオルや雑巾を抱えて二階から降りてきては、「ああ、もう洗濁しいやんとあかんわ。いっそがしのに困ったことや」などと言い、その口調もなにやら芝居めいて、するために洗濯をしているようなのです。

そして決まって、「あー、もう、洗濁とか庭仕事とかそんなことに邪魔ばっかりされてぜんぜん仕事が捗《はかど》らない」と言うのです。

それにもうひとつ気になることがありました。

それはポチの言う、洗濁、という言い方です。普通、人はこれを、洗濯、と平たく言います。ところがポチはこれをことさらに、せんだく、と濁って言います。

しかもそのときポチは妙に嬉しそうに、力を込めて言うのです。

あまりに不思議なのでシードに意見を求めたところシードは、一種の気取りだろう、と言いました。

ことさらに奇妙な言い回しを用いることによって自分は世間並みとは違う、一段上の考えを持っている、と、虚勢を張っているのだろう。俗に言う、弱い犬ほどよく吠える、というやつだよ、と言ったのです。

そのうえでシードはさらに言いました。

「しかし、それは強《あな》ちデタラメでもなく、かつては洗濁という言い方もあったようだよ」

「あ、そうなんですか」

「そうなんだよ。言葉というものはそうして変化するものなんだってさ」

「あのさあ、シードさあ」

「なんだい」

「そういうことも牧場で知ったの？」

「いや、そうじゃない。ほら、ポチがそこいら中に本ってやつを置きっ放しにしてるだろ。あれをね、拾い読みして知ったのさ」

「豪儀なものだなあ。そのうち私にも文字を教えてくれよ」

「ふっ。犬はそんなもの知らない方が幸せだよ」

そう言ってシードは寂しく笑いました。

って、なんの話だったでしょうか。そうそう。ポチの洗濯／洗濁の話です。

ついこの間、美徴さんに洗濯を習ったばかりなのですが、ポチは、もう洗濯生活四十年ですわ。ぼくらの頃の修行ゆうたらそら厳しかったでっせ。と言っているような顔をして、洗濯をします。このときもそうで、ことさら物憂げな表情を造って、私たちの小便でズクズクになったタイル状のカーペットの入った洗濯機の丸いドアーを閉めようとしました。

ところがこのときトラブルが発生しました。

どうやらタイル状のカーペットが大き過ぎて、丸いドアーが閉まらぬらしいのです。

私は、急に弱気な顔になり、アレ？　アレ？　と困惑しているポチのところへ行って、「どうしたのだ。なにか不都合でもあったのか？」と尋ねました。

したところ案の定でした。

「いやね。どういう訳かこの丸ドアーが閉まらないんだよ。なんで閉まらないんだろう」

「なんで、ってそりゃ、アレじゃないか。つまり、洗濯機のドラムの内径・奥行よりもカーペットの一辺の長さが長いから閉まらないんじゃないか」

「あ、なるほど。そういうことか。でも、どうしよう。ドアーが閉まらないと洗濯ができない」

「じゃあ、洗濯機は諦めて浴室に持っていって手洗いをしたらどうだ」

「それは無理だ。そんなことをやっている時間はない」

「なぜだ」

「原稿仕事をしなくてはならない」

「なるほど。それは困ったな。私も君に手伝って貰って何冊か出しているが、君の代わりに書くことはできないからな。しかし不思議なものだ。君が僕の代わりに書くことはできてもその逆はできない」

「確かに不思議だわな。そのあたりになるとどうも頭が急にボヤボヤしてわからなくなる。とまれ、この洗濯機のドアーが閉まらないと始まらない。だからアレだよね、このドラムの内径に合わせてカーペットを湾曲させて、それからこう、奥に押し込むようにして入れれば……、よっと、こう、よし、一応入ったから、すかさず、ガシッ、とこう閉めれば。おほほ。閉まった。スピンク。見ろ。閉まったよ」
「閉まりましたね」

「うん。閉まった。人間は何事も諦めてはならないな」

「それは犬も同じですよ」

「ですよね。じゃあ、後はもう電源を入れてコースを選択して洗剤を入れて漂白剤を入れてスタート釦《ボタン》を押すばかりだ。その後は、放っておけば洗濁機が万事よきに計らう」

「そりゃ凄いね。じゃあ、その間、原稿仕事ができるというわけだな。よかったじゃないか」

「いや、でもそれはどうかな」

「なんだい。やらないのかい。今日は締切日なんだろ。急ぐのだろ」

「ああ、急ぐよ。ただね、原稿仕事というのは、ただ無闇にやればよいというわけではないんだよ。やはりそれをやるためには感興、それも文学的感興というものが必要になってくる」

「じゃあ、さっさと文学的感興をとってくればよいじゃないか。なんだったら私がとってきてやろうか。僕は足が速いぜ。なにせ犬だから」

「いや、文学的感興というものは、そこいらにあるものではない」

「じゃあ、どこにあるんだい」

「自分のなかにあるんだよ」

「じゃあ、近いなんてものじゃない。手に持ってるのと同じじゃないか。さっさと取り出したらどうだい。文学的感興を。自分のなかから」

「ほっほっほっ。素人はこれだから困る。あのねぇ、いいかい、文学的感興というものは、そう簡単に袋のなかのものを取り出すように取り出せるものではないんだよ。それは自分のなかから静かに湧きあがってくるものだ。そしてそれはいつ湧きあがってくるかわからない。五分後かも知れないし、二時間後かも知れない。そしてそれが湧きあがったら直ちにそれを文にしなければならない。時をおけばそれは幻のように消え失せてしまう」

「なるほど玄妙なものだが、それが洗濯となんの関係があるのだろう」

「だからさ、もし、ちょうどその文学的感興が湧きあがって、よし、これを文にしようと思った、まさにその瞬間に洗濯が終わって終了のブザーが、ピーピーピー、って鳴ったらどうなる？　せっかく湧きあがった文学的感興を文にできぬだろ？」

「なぜです」

「だってそうなったら洗濁物を干さなければならないもの」

「文にしてから干せばいいじゃない」

「いや、それはどうかな。洗い終わった洗濁物を洗濁機のなかに放置すると臭くなっちゃうんだよね。それがどうしても気になるから仕事がおろそかになってしまう。やはり仕事というものは後顧の憂いのない状態でやらないと駄目だ。なので僕は洗濁がすっかり終わってから仕事を始めようと思う」

「なるほど。わかりました。じゃあそうなさい」

私はそう言って掃き出し窓の方に戻りかけました。そのときです。ぐわん、という聞き慣れぬ異様の音が聞こえ、洗濯機が停まり、そして、ピピピッ、ピピピッ、ピピピッ、という警告ブザーが鳴り響きました。

何事ならん。ポチの身は無事か。

慌てて駆け戻ると、ポチが驚き惑い、狼狽《うろた》えておりました。

「どうした」

「突然、洗濯機のドアーが開いて停まっちゃったんだ」

狼狽えるあまり、洗濁、と濁るのを忘れています。どれどれ、私は洗濯機の近くに行きました。

ポチの人情論

みなさんこんにちは。スピンクでごんす。今年はやや早い目に梅雨入りをいたしましたね。はじめのうちはあまり雨が降らなかったのですが、このところは毎日、雨が降ってやっと梅雨らしくなって参りました。

これは実によかったことでやはり梅雨時に雨が降らないと人間の方では、作物が実らない、水道用水が不足する、などいろいろ問題があるらしいですからね。

頭ではそう理解しているのですが、梅雨になると私はいつも困り果てます。というのはそう普段のように散歩に出て用便をすることができないのです。というとポチにそう言って部屋にペットシートを置いて貰えばいいんじゃないか、と助言をしてくださる方があるかも知れませんが、申し訳ありません、実はペットシートはあるのです。あるのですが全体、私はこのペットシートというのを使いたくない質《たち》で、やはり用便は外でしたいのです。

そこで主人・ポチに散歩に行くように言うのですが、頑迷固陋《ころう》なポチは、雨が降っているから散歩に行けない、と言って散歩に連れていってくれません。それからは私とポチの根比べのようになり、最終的にはポチが折れて散歩に行くのですが、結局、行くのであれば最初から行けば私も用便を我慢しなくて済むのだし、ポチも、「スピンクが頑として用便をしない。あんな風に足踏みをして我慢をしている。病気になるのではないか」などと気を揉む必要はなく、お互いのためです。

ところがそうならないので私は梅雨の度に困ってしまうのです。

或いは一家の主婦の方も梅雨になると困るのではないか、と想像します。というのは洗濯のことで、梅雨時はそうして雨が降り止まぬものですから、洗濯物を外ではなく室内に干すこととなるのですが、その場合、洗濯物がどうもいまいちパリッと乾かないで、それどころか一抹の納豆臭さが漂うのです。

そんなことで梅雨時は主婦の方が困るのですが、ポチの困りはもっと根源的な困りでした。

というのはポチ方の洗濯機が完全に壊れてしまったからで、先日、申し上げた通り、私たちが小便をかけたカーペットを洗濯機に入れて作動させたところ、ぐわんっ、という音とともにドアーが開き、洗濯機が停まってしまいました。

慌てたポチが調べたところ、洗濯機の丸いドアーの樹脂製の受けの部分が割れて飛んでいっており、ドアーは二度と閉まらなくなっていたのです。

「洗濯機が壊れてしまった」

ポチは情けない声で美徴さんに訴えました。したところ美徴さんは、「あ、そうなんだ」と素っ気なく言いました。

「そうなんだよ。僕が無理矢理に固いカーペットを押し込んだせいだろう。それがなかで暴れて、あ、この場合の暴れるというのは一般的な意味ではなく、非常に激しく振動して、というと違うか、回転する際にバキバキのボラ踊りのようになって、というと全然違う、ええっと、牧草にウキスキーが染みこんでいてそれを知らないで食べた牛が泥酔して洗濯機のなかに入っていって前転の練習をしたようになって、というとまったく違う、とにかくあのカーペット固いじゃん？　で、俺、無理に入れたじゃん？　だから無理な力がかかってドアーの受けのプラスチックでできた部品が壊れてしまったんだよ。で、ドアーが閉まらない。この手のドラム式洗濯機というのはドアーの閉まりに命をかけているようなところがあって作動中はロックがかかって開かないようになっている。開くと動作できないんだね。したがってドアーが閉まらないということは致命的な故障だということになって、少々の不具合ならだましだまし使うということも或いはできるが、この場合はそれもできないということになる」

「修理できないの」

「我が国の技術力をもってすれば可能だろう。しかし、僕はそれをどこに依頼すればよいのかわからない。僕はこの洗濯機をいつどこで買ったかすら忘れてしまっている」

「その洗濯機はいまを去ること十五年前に引っ越しをした際に引っ越し業者から買ったんですよ。引っ越し業者が見積もりの際にカタログを持ってきてこの際、家電製品などを合わせて新調すればお安くなりますよ、という口車にあなたが乗って」

「口車に乗るとは厳しいね。確かにそうだ。思い出した。だったら尚更だ。十五年前のことを今更蒸し返されても引っ越し業者は困惑するばかりだろう」

「困惑はしないでしょう。自分のところで売ったものなのだから」

「そらそうだ。困惑はしないかもしれない。けれども嫌な顔はするだろうね。僕はそういうのがいっち苦手なんだよ」

「あなたは引っ越し業者の営業所に行くんですか」

「うんにゃ。行きまへん。その場合は電話をかけるね。或いはイーメールか」

「電話でどうやって嫌な顔をするのですか」

「ああ、もう。君ほど文学がわからない人間を見たことがないよ。ぼかあ。そりゃあ、顔はわからないよ、けれども嫌な感じで応対するだろう。はあ？　なんの話ですかあ？　みたいな空とぼけて、まるでこちらがまったく意味の通じない、宇宙人が階段の踊り場で踊ってる、みたいな奇怪なことを言うので対処のしようがない、みたいな声を出すでしょうが。出すに決まってるでしょうが。そういうことも含めて、嫌な顔をされる、と言うんですよ」

「あ、そうなんだ」

「そうですよ。っていうかさあ、君、さっきからなんなの。なんなの、その素っ気ない態度は。あのさあ、洗濯機が壊れるということがどういうことなのか君、わかってんの？　ねぇ、ほんとにわかってんの？」

「わかってるよ」

「うっそ。わかってないね。君の口調からはまったく危機感が感じられない」

「危機感っていうほどのこともないでしょう」

「ほらね。やっぱりたいしたことじゃないと思ってる」

「そりゃないと困るけど」

「だからね、そういう風に軽く、困りますけどね、とか言っている君に欠けているのは当事者意識だよ。どうせ僕がなんとかすると思っているんだろう」

「え、あなたがなんとかするんじゃないの」

「なんで頭からそう思うわけ？」

「壊したのがあなただから」

「うぐっ。しかしそれは一概にそうとも言えぬぞ。確かに僕が使っているときに壊れた。けれどもそれはいまも言うように洗濯機の方で勝手に壊れたのだ。僕が壊したのではない」

「だったらどうすればいいんですか」

「君がなんとかしろ。僕は仕事が忙しいのだ」

「なるほど。わかった。じゃあ、私がなんとかします」

「ほほほほ。わかればよい。では善きに計らえ。と言ったうえで一応聞くけど、どうするつもりなの」

「修理ができないんであれば仕方ありません。新しいのを買ってきます。っていうか、その際、聞いておくけど私が買ってきたのでいいのね。後で、これは機能がどうのこうの……、って文句言わないでね」

美徴さんがそう言うとポチは、うっ、と絶句した後に言いました。

「ううむ。それを言われると辛いなあ。僕は全体、そうした製品の性能や意匠に随分と拘泥する質で、例えば他でもないその壊れた洗濯機の扉は左開きだろう。つまり、向かって左側にヒンジがあって左側に向かって扉が開く。ところが洗濯機は向かって右の壁にくっつけて置いてある。このため、九十度に開いたドアーが洗濯ものの出し入れをする際、非常に邪魔になる。僕は洗濯術を習って以降、そのことにずっと苦しみ続けてきた。なので今度、洗濯機を買うときは必ずきっと右開きの洗濯機を買おうと心に誓っていた。でも君ってそういうの全然、頓着しない質じゃん？　その君がまたぞろ左開きの洗濯機を買ってきたら僕は最低でも十年間は苦しみ続けることになって、そのことについて文句や愚痴を言わないで口を噤《つぐ》んでいる自信はない」

「やっぱりな」

「そうなんだよ。やっぱりなんだよ。それともうひとつ気になっているのは大きさの問題でね。うちの場合、ほら、この洗濯機のうえに板が渡してあって、隣の流し台とフラットになっているだろう。これは僕が設計して工務店に依頼して施工して貰ったものだ。その板のうえにはいま見てもわかる通り、電気オーブンが置いてある。このことがなにを意味するか。君にわかるか」

「わからない」

「ほらね。わからんだろう。教えてやろう、いいか、このことは、次に買う洗濁機は、このなかにすっぽり収まるサイズ、すなわち壊れた洗濁機＋数センチの高さ以下でないとまずい、ということを意味してるんだよ。しかし、恐らく君はそうしたことをまったく考慮に入れていないと僕は睨んでいるのだが、どうだ。考えていたか」

「まったく考えていなかった」

「やっぱりそうだったか。テリブルテリブル。そんなことになったら僕は今後、どれほど苦しむかわからない。悲しむかわからない。そんなことだったらやむを得ない。仕事は忙しいが僕がなんとかするよ。僕が新しい洗濁機を買ってくる」

「あ、じゃあ、そうしてください」

といったようなことで、ポチは洗濯機を買いに行くことになったのですが、気になったことがあったので外出の支度をしているポチに私は問いました。

「あのさあ、ポチさあ」

「なんだいスピンク。にあんちゃん、という映画が見たいとか言っても駄目だよ。僕はいま忙しいのだからね」

「知ってるよ。洗濯機を買いに行くのだろ」

「その通りだ」

「それについて聞きたいんだが、ポチ、君は忙しいのじゃないのかね」

「そうだよ。なにしろ洗濯機を買いに行かなければならない訳だからね」

「いや、私が言っているのはそうじゃなくて、それ以前に、原稿の〆切がいくつもあって忙しいんじゃなかったのか、ってことなんだよ」

「あわあ。あぎゃあ。それを言うてくれるな、それを言うてくれるな、スピンク。僕だって辛いのだ。もちろん、〆切を守る、これは鉄則だ。これを守らぬような奴ははっきり言って人間の屑だ。僕はそんな奴は滅びてしまえばいいと思っている。いや、むしろ僕がこの手で八つ裂きにしたいとすら思っている。しかしだからといって洗濯ができなかったら家の者は着るものがなくなってボロ布を纏《まと》って往来しなければならなくなって近所の笑い物となる。家族が苦しんでいるのに、文学が大事なのじゃ、とか言ってそれを無視するのは、そりゃあ文学者としては立派なのかもしれないが、人間としては滓《かす》の滓だと僕は思う。あっちを立てればこっちが立たず、こっちを立てればあっちが立たず。そんなとき人はどのように振る舞うべきか。いくら議論しても結論は出ないだろう。ただし……」

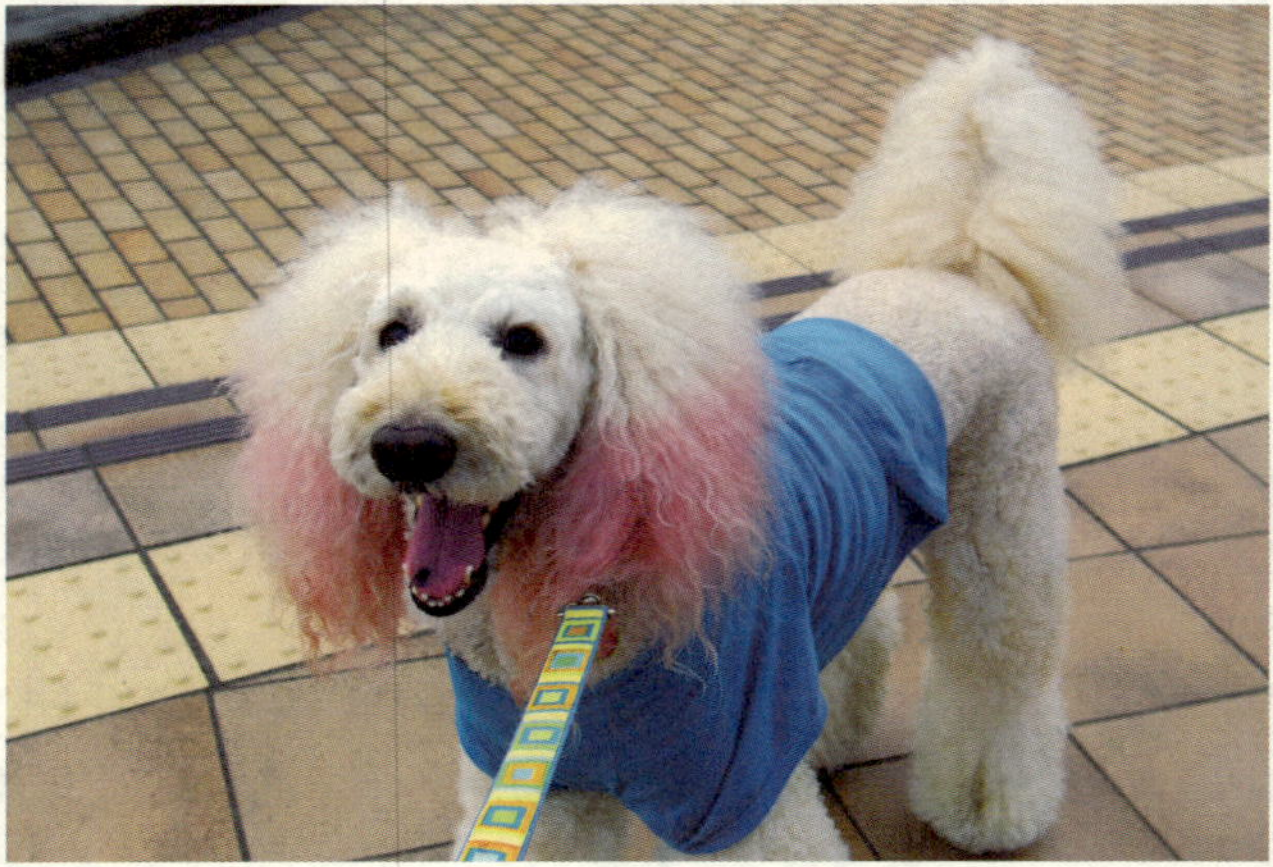

ポチはそう言って言葉を切ると、くわっ、と目を見開いて言いました。

「僕は家族を守る方を選ぶ」

鼻と唇がヒクヒクしていました。

脇で聞いていたキューティーがやはり脇で聞いていたシードに言いました。

「ねぇ、シード。ポチがあんなこと言っているよ」

「心配するな、キューティー。俺は牧場で多くの嘘つきを見てきたからわかるが、あら、嘘だ」

「なんでそんな嘘をつくんだよ、シード」

「仕事に向き合うのが辛いからだろう。見ろよ、文句を言いながら外出の支度をしているがどこかイソイソしているだろ、キューティー」

私もシードと同意見でした。

買えない理由

今年は早々に梅雨明けして本格的な夏ということになりました。私どもの住まう地域には海水浴場があり、そこでも、海開き、という儀式があって週末ともなれば多くの人々が遊びにやってきます。

この、海開き、というのを私は未だ見たことがないのですが、ひとつ不思議に思うのは、海開きをしておいて、海閉じ、ということをしたという話をあまり聞かないことです。普通に考えれば開いたのであれば閉じなければならないし、仮にもし開きっぱなしにしたならば、翌年、改めて開く必要もないはずです。或いは、海にはドアクローザーのようなものが付いていて、自然にゆっくりと閉じていくのでしょうか。だとしたら誰がそんなものを取り付けたのでしょうか。海のような巨《おお》きなものにそんなものを取り付けるなんてのは勿論、人間業ではなく、つまり神様ということになります。ということは海開きというのは神の意志に反する行為ということになり、毎年毎年そんなことをやっていたら神が怒って人間になにか罰的なものを当てるのではないか、と心配になります。

なんてことを考えると頭が痛くなってきます。今度、シードにでも相談してみようと思います。

それはまあよいとして、ポチの洗濯機の話の続きをしましょう。

ポチは洗濯機を買いに出掛ける前にあることをしました。すなわち洗濯機の設置スペースの寸法を測り始めたのです。つまり美徴さんに言っていたように、予《あらかじ》め拵《こしら》えてある設置スペースに収まるサイズの洗濯機を買ってこよう、というのです。

メモを片手に車を駆って出ていったポチは四時間後に帰ってきました。美徴さんが、靴を脱いで勝手口から上がってきたポチに、「いいの買えた?」と問いました。ポチはそれに答えず美徴さんを横目でジロリと睨むと、流し台の方に行き、コップに水道水をジャアと注いで、立ったままゴクゴク飲んで、飲み終わると、そのままの格好で、ヒャヒャヒャヒャヒャヒャ、と笑いました。

「なにを笑っているのです」

美徴さんがそう問うとポチは笑いやみ、「ああ、そうだ。僕は、ええっと……」と要領を得ぬ口調で言い、暫く黙った後、突然、堰を切ったように話し始めました。以下にポチが言ったことを再現します。

ははははは。僕は、僕はねぇ、行ったよ。どこへって、決まってるじゃないか。ここから十一キロも離れた隣町、遊字町へ。なんでってその理由は君も知っているとおり、そこまで行かないと家電量販店がないからだ。いや、あるにはあるらしい。噂ではをちこちのたづきもしらぬ山中に一軒だけ量販店があるらしいが、ははははは。そんなところに敢えて行ってみる時間はいまの僕にはないからね。しかも遊字町には家電量販店が二軒、国道を挟んで向かい合わせに、ある。このことがなにを意味するか、ははははは。君にわかるか。そう。競争が激化するということだ。工業製品で中身が同一なら消費者は一円でも安い方で買おうとするからね。これは業者にとっては厳しいことかも知れないが、消費者にとってはありがたいことだ。で、僕はどっちに行ったと思う？　ははははは。矢弾電器に行ったと思う？　はは、まあ君がそう思うのは無理からぬところ、矢弾電器の方が微妙に安い感じがするし、実際のところ客も矢弾の方が多い感じがするものな。ところが驚いて、驚きすぎて死んじゃ駄目だよ。

僕はマジノに行ったんだよ。ふーん。ってあまり驚かないんだな。期待外れだな。死のうかな。ははは、嘘嘘。それくらいで死ぬようなヤワな男じゃないよ。ふふふ。でもなぜ僕がマジノを選んだか知りたいだろう。なに？　別に知りたくない？　えええ、なんでぇ。普通、知りたいじゃん。っていうかさあ、なんなんだよ。僕だよ。この忙しい、〆切を抱えた僕がだよ、家族のためにこんな頑張ってるのに、なに、その冷淡な態度。ああ、もうなんか、マジで死にたくなってきたなあ。けど僕が死んだらスピンクが悲しむだろうから死なないけどさあ。けど、まあ、君は本当は、心の底ではその理由を聞きたがっている、ということを僕は知っているから死なないし、そのことについて言うよ。あのぉ、アレなんだよね。やはり消費者の気持ちがいろいろで、例えば、あそこはどちらも複合商業施設になっていて、どちらにも回転寿司店があるだろ。つまり回転寿司店もまた、国道を挟んで二軒ある訳だ。で、僕はこうして回転寿司店が二軒向かい合っていて、それぞれが繁盛しているというのは、その味が同じくらいにおいしいからだろうと思っていたんだよ。そしてそれを実地に試してみようと思って、両方の店に入ってみたんだ。そしたら、おっどろいたね、店の名前は忘れっちまったんだけど、こっちゃっぺらのマジノの方が遥かにうまいんだよ。勿論、矢弾の方がまずいわけじゃない、っていうか、むしろ普通にうまい。ところがマジノの側はもっとうまいんだよ。もちろん値段は同じくらいでね。ってことは誰がどう考えてもマジノの側に行くと思うだろ。ところが、そうじゃない、矢弾の方に行く人も同じくらい居るんだよ。それこそがその理由で、つまり一言で言うと、好み、ってやつなんだよ。って、なーんだ。そんなことか。っていう顔をしているけれどもねえ、好み、ってものはなかなかに味わい深いものでね。それは、好み、だけに、なんとなく、って感じであまり深く考えないけど、自分の、好み、の理由や原因を突き詰めていくと、意外なことが好みに影響していることがわかって面白いんだぜ。四年前の冬に湖畔で白鳥を眺めたことが影響してたりとかな。謨渓玄洋の「バンビはいつ死んだのか」という小説はそんな人間の内奥の不可思議の道のりを経済産業省の役人とギャルが巡っていくという内容の小説だ。って嘘嘘。そんな小説ありまへんのやで。って訳で、まあ、僕はマジノに行ったんだ。それでね、広いフロアーを案内板を参照して比較的容易に洗濯機売り場に辿り着いたのさ。それでどう思ったか。ついてる。と思ったね。ってのはね、その界隈の売り場真ん中あたりの一角にさ、洗濯機が三列に、ずらっ、と並べてあって、そのグルリに宣伝ポップやなんかが一杯並べてあったんだ。つまり、洗濯機フェア、を開催してたって訳。だから僕は、ついてる、と思ったのさ。だってそうだろ。たまたま行ったマジノで、洗濯機フェア。あり得ないだろ、フツー。それで僕は洗濯機をひとつびとつ調べていったんだ。いろんなメーカーがいろんな洗濯機を出していて、それぞれいろんな機能を謳ってた。でも僕はそんなものには目もくれなかったよ。だってそうでしょ、いまどきの国産品は基本的な性能に関しては大体同じで競っているのは付加価値の部分でしょ。まあ、小物入れの数とかさ。後はもうメッチャ細かい、ミリ単位みたいなスペックの違い。僕はそんなことに気を遣って、そんなことにかまけていたくない。だって人生は短いんだぜ。他にやること、考えること、山ほどあんじゃん。え？　キャラ変わってる？　そんなことないよ。僕はもともとこういう人間さ。っていうか、これも僕の一部だよ。で、僕がなにを気にしたか、なにを調べて回ったかというと、さっき言った寸法なんだよね。英語だとsizeっていうのかな。出る前に言ったとおり、あそこのスペースにぴったり入らないと困るからね。それで調べて回ったんだけど、駄目なんだ。っていうのは、いったいどうしたことなんだろうか、十五年前はドラム式洗濯機は四角いもの、と相場が決まっていたんだが、時代が変わってしまったのかねぇ、すべての洗濯機が、お賓頭盧《びんずる》さん、っていうか、いやもっと凄い、福禄寿みたいに頭がピョーンと伸びちゃってんですよ。だからその分、高さが高くなっちまっていてね、も、ぜんぜんサイズオーバーな訳。そいでひとつだけ小さいのがあったんでね、それを見ていたら店員のおっさんが近寄ってきたから、詳しい話を聞こうとしたんだけど、その人が、なんかおずおずしているというか、引いているというか、近寄ってきたのだからすぐ側まで来るだろう、と思っていたのにさにあらず、なんか中途半端なところに佇んで、いまにも泣き出しそうな顔でこちらをチラチラ見て、目が合うと慌てて向こうを向くんだよ。なにをやっとるんだ、この男は。と思いながら、「おい」と呼んだら、まるで感電したみたいに飛び上がって、はいいいいっ、と言いながら腰をこごめて内股でやってきたのさ。でもこんな奴でも、一応は店員な訳だから僕よりは知識があるだろうと思って尋ねたさ。「僕のところは洗濯機を置くスペースが限られている。具体的に言うと、奥行きはマア大概、大丈夫なんだが、幅は七十五サンチ、高さは九十八サンチ以内に収まらないと駄目なんだな。ところが大抵の洗濯機は見たところ百二十サンチくらいありましょう？　そこでひとつくらい小さいのはないか、と思って見ていたらこれは小ぶりじゃない？　そこで君に聞きたいのだが、この洗濯機の高さは何サンチだい？」とね。したところその店員は目をまん丸に見開いて唾をゴクリと飲み込んで、頻りに咳払いをして掠れた声で、「これは単身者用でございまして……」と言った。「いや、そんなことは聞いちゃいないんだ。これは高さが何サンチか、と聞いてるんだよ」「ええ、これはなので一回に洗える分量が目安六キロとなっておりまして」「いや、そうじゃなく、高さは何サンチかと聞いているんだよ」「あああああっ、高さ、高さですか。ひいいいいいいっ、少々、少々お待ちください。あああああああっ、型録が、ああああっ、ここに、ここに、ございますですうううう。ひいいいいいいいいっ、九百、九百六十ミリで、あああああ、いやああああああああっ」と、店員は絶叫したよ。なんなんだよ、と思ったけどね。でも、こっちも絶対に洗濯機が要るからね、気が違ったみたいになっている店員に、「じゃあ、大丈夫なんだね。だったらこれ買いますよ」と言ったよ。そしたら店員、急に太い態度になってね、「それはどうかな」って言いやがるんだよ。客が買うっつってるになんだよ、その言いぐさはよ。と思いながら、「なんかまずいんですか」と聞くと、「このタイプの場合ですね、この上のところに給水のホースが付くんですね。その高さが折り曲げても五センチかそこら必要になって参りますので」と今度は普通の口調で言ったんだ。ってことは、トータルで一メーター超える訳じゃない、そうすっともう入んない。そこで僕は言ったんだ。「昔はドラム式の洗濯機というのは大体が真四角だったよね。それがこんな福禄寿のような形になったのは一体いつからなんでしょうかね。我が国は右傾化していると言われてますが、そのこととなにか関係があるのでしょうか。私の祖母はオランダ人なんですが体型が真四角で、占領軍による弱

体化政策は断じて許せないと常より申しておりましたよ。そういえば最近、日本人の額から上が福禄寿のように伸びていますよね。アイドルグループなんかみんなそうでしょう。不自然なくらい長いですよね。かと思えば極端に短い、まるで狆《ちん》みたいな人も増加している訳で、こういう二極化がトレンドなんでしょ。ってことは洗濁機も極端に短いのがないとね。私は処女ですよ。くださいよ。出してくださいよ。責任を持って出してくださいよ。っていうか、おいっ、出せよ」とね。つまり思うような洗濁機がない腹いせにわざと話を飛躍させてムチャクチャを言ってやったんだね。そうしたら店員、真っ青になってブルブル震えだしてね。硬直して動かなくなって、暫くするとズボンのところがブンブンに膨らんできてね、黒染みのようなことになってきたんだ。うわわわ、と思って、ふと周りを見ると人だかりができていて、きまりが悪くってしょうがなくて、慌ててマジノから逃げ出したって訳。

なんて風にポチは話しました。つまりマジノでは洗濯機を買えなかったわけですね。それから、こんな田舎町じゃ駄目だ。矢弾も同じようなものだし。と思ったポチは、さらに山をふたつ越えた笑江市へ参ったそうですが、そこでも同じような体験、すなわち店員との間の不快なトラブルがあって、思うような洗濯機が買えず、疲労困戇して帰ってきた、と、こういう訳なのだそうです。

「じゃあ、どうするの」

と、美徴さんが問いました。

「どうする？　それに対する答えを僕は持っていない。洗濯機が買えないのは僕のせいではない。あんなおかしげな店員を雇っておく電器店が悪い。それにもっと言うと、こうしてなにもかもが福禄寿になっていくバブル崩壊後の日本社会が悪いのだ。結局、失われた二十年、なんて虚無的なことを言いながら自分の頭だけはグングン伸ばしていった訳じゃないか。そんなだったらキャバクラかなんかに行って鼻の下を伸ばしている方がよっぽど増しなんだが、そういうことすらしない訳でしょう？　そんなものを一介の戯作者に過ぎない僕がどうにかできる訳がないでしょう。原因はプラザ合意どころではない、もっと深い、承久の乱あたりにあるのかも知れないですしね」

「そうかも知れないけど、じゃあ洗濯はどうするの」

「どうもこうもないよ。結局、庶民が泣きを見るのさ」

「いや、そういうことではなく……」

「そういうことなんだよ。僕はそれをこの目でつぶさに見たんだよ。というか、身を

桜の根の養生中
につき立入らな
いで下さい

以て体験したんだよ。だからもうこうなったらしょうがない。みんなで死のう」

「いやだよ。死ぬんだったらあなたひとりで死んでください」

「わかった。そうするよ」

そう言ってポチは二階へ駆け上がりました。心配したキューティーがワンワン吠えました。私は、なぜあの人は洗濯機を買えないのだろうか。世の中の人はみんな普通に洗濯機を買っているだろうに、と思いました。雨が降ってきました。

日々のうずくまり

こんにちは。スピンクです。このところ激烈に暑いですが、お元気ですか。私はあまり元気ではありません。というのは、この暑さのなか、歩くのがすっげぇ大儀になってしまったんですね。なのに、ポチが、「ほしっ。スピンク。君は散歩というものが大好きだろう。ほしっ。散歩に行こう」と言って私を散歩に連れ出すのです。

まあ、勿論、この暑さですから、日中ではなく、早朝のことなのですが、それでも暑いには違いなく、こっちにしたらいい迷惑で、できればよしにしてもらいたいのです。

ところが、犬というものは散歩が好きなもの、と心得ているポチは、そんなことはつゆ思わず、私にリードをかけジンジン端折《ばしょ》りで散歩に出掛けていくのです。

けれどもポチがそうやって張り切っているのを、そう無下にもできませんものですから、一応は喜んでいる振りはします。けれども本心では行きたくないのです。どうも主人・ポチという人はそこらへんの機微がわからない。こっちだってそっちの顔を立てているのだから、そっちだって少しはこっちの気持ちを察してくれればよいのですが……。

そんなことですから、散歩に出ても、出た瞬間から帰ることを考えています。その考えが歩行にも出るのでしょうね、いかにも大儀そうに、モッタモッタモッタモッタ、と歩いていると、主人は嬉しそうに、

「いっやー、スピンクも昔は前へ前へグングン行って、腕がもげるかと思ったものだが最近はすっかりトレーニングができて、ちゃんと、ついて。また、あとへ。ができるようになったのだ。豪《えら》い、豪い」

なんて言いますが誤解です。ただ、大儀なだけです。

っていうか、普通、こんな風に大儀そうにしていれば、ああ、散歩がおもしろくないのだな、と思うはずなのですが、主人はまったく気がつかないのです。こんなに人の気持ちがわからない人が、いったいどうやって、小説、なるものを書いているのだろうか、と心配になります。

というのはさておくとしても、兎に角、そうしてポチが気がつかないものですから、そのままにしておくと、いつもの散歩コースをグルッと一周しなければならなくなります。

そんなことは嫌なので、そこでどうするかというと、演技、をします。どんな演技かと言いますと、まあ、最初、普通に歩いています。歩いているうち、「おっ」という感じで立ち止まります。立ち止まって、「おっ。こんなところに、おもしろそうな匂いが」みたいな感じで地面の匂いをクンクン嗅ぎます。そうするとポチは、「なんだスピンク、なにかおもしろそうな匂いがするのか」とかなんとか言って立ち止まります。それがこっちの思う壺で、そのまま匂いを嗅ぎながら、「この匂いはいったいなんだろう。様々な角度から検証してみないとわからない」という感じで、その架空の匂いを中心として、半円を描くようにして体勢を入れ替えます。

そうするとどうなるでしょうか。さっきまでの進行方向と逆、すなわち家の方に頭が向きます。そうしたうえで、「あ、さっきは気がつかないで通り過ぎてしまったが、いま気がついた。こっちの方にも玄妙不可思議なる匂いがするぞ」という体《てい》を装って、そのまま前へ進んでいきます。そうするとポチは、「なになに、なんの匂いがするの」などと言いながらついてきます。

そうしたらもうこっちのものです。そのままなんとなく家の方へ歩いて行き、家が近くなると、スタスタ歩いて門の中へ入ってしまいます。

いちいちそんな演技をするのも疲れるのですが暑い中を意味もなくダラダラ歩かされるよりはよほど増しです。これを読んでいる犬の方がおられたら一度試してみてはいかがでしょうか。飼い主がボンヤリさんであればきっとうまくいくはずです。

なんて思いながら部屋のなかから窓の外をみれば、洗濯物が風に揺れてひるがえっています。なんだか平和な光景だな、と思います。私はこの光景を死ぬまでにあと何回みるのかな、とも。

と言って、皆さんは、おや？　と思ったのではないでしょうか。

そうなんです。洗濯物がひるがえっているということは、洗濯をしたということで、ということは、ポチが洗濯機を買ってきた、ということなのですが、ポチは洗濯機を買うことができたのでしょうか。

ええ。できたのです。あの、普通の人が普通にやっているなんでもないことが、なぜかうまくできないポチが洗濯機を買ってきたのです。

と言うと多くの人が、「ええええええっ？　あのポチがいったいどうやって？　人でも雇って買いに行ってもらったのか？」などと思うでしょうが、そうではありません。

　ポチは自分の力で洗濯機、ポチ流に言えば、洗濁機、を買いました。

　ではポチはいったいどうやって洗濯機を買ったのでしょうか。

　そう。ポチはインターネットという技術を駆使して、ウェブ上でこれを買ったのです。

　蓋《けだ》し正しいやり方です。

　対面販売というのは読んで字の如く、人と対面して販売することを言うのですが、ポチのような人間が人と対面した場合、ろくな結果にならないのは右にみたとおりです。

　ポチの発言は喋れば喋るほど意味不明なものになっていきますし、店員は恐慌に陥って失禁する、なんてことに大抵なります。それ以外にも、殴る。殴られる。爆発する。輝く。切ない吐息を洩らす。見つめ合う。号泣する。歔欷《きょき》する。膨張する。暴落する。交渉する。破断する。沸騰する。蓄熱する。美しい記憶を抱きしめる。流れる。溺れる。死ぬ。生き返る。といったことになる可能性なども十分に考えられます。

　それに引き比べて、インターネット販売であれば、人と対面する必要がありません

ので、右のような事態を避けることができます。

しかし、当初ポチは、インターネット販売で洗濯機を買うことに懐疑的でした。ポチは、「こうしたもの、例えばエアコンなどもそうなのだが、どうしても取り付け工事というものが必要になってくる。インターネットで買った場合、そうしたサービスはなく、別途に業者を探して取り付け工事を依頼しなければならないのではないか。さすがの僕もそこまでしていたのでは精神的に保《も》たないし、洗濁機が壊れてこの方、放置している本業も心配だ。そのあたりの懸念をどうやって払拭するかが、課題だな」などと呟いていたのです。

けれどもその懸念は直ちに払拭されました。暫くの間、難しい顔で画面を見ていたポチは言いました。

「見給え、スピンク。ははははっ。まことにもって、はははは。ほぼすべての洗濁機に、標準取付工事付き価格、と書いてある。つまり、くわつはつはつはつはつ、洗濁機を買えば自動的に取り付け工事がなされるのだ。ウレピー。なんていうのは大人げないな。嬉しい。嬉しいよ、スピンク。でも考えてみればそれは当たり前の話、かも知らんな。だってそうだろう、こうしたものを買うのは僕みたいに社会の第一線でバリバリ働いている人間とは限らず、え？　なに？　ああ、マア、ちょっと言い過ぎか、社会の第六線で、わけのわからない感じでうごめいている、くらいにしといた方がよいかな、とにかく現役で働いている人間とは限りませぬからな。一人暮らしのご老人とか、そういった人も買う訳で、そうした人が現役で総務部で働いている人のように自らすべてをシャキシャキ手配するということは考えられない訳ではない、考えられない訳ではないが、あまりなく、送られてきた巨大な段ボール箱の前で方途に暮れる、というケースの方が遥かに多いと推測され、そうしたことに対応する、別の言い方で言うと、ニーズに応えるサービス、が提供されるのはごく当たり前の話だな、という議論を僕はしているのであってね。ま、いずれにしても、慶賀すべきことだ、と僕はいま現在、思ってます。やあ、よかった。これで僕も安心立命して心置きなく仕事に取りかかることができるよ、スピンク」

と、私にそう言ったポチはさらに言いました。

「さ、疾《と》く仕事に取りかかろう。やりかけの仕事は山ほどあるからね。さあ、ファイルを開こう。そのためには、このここにあるファイルのところにこの矢印を当てて、この四角な領域を人差し指で、ぽすっ、とやればよいだけのこと。実に簡単なことだ。笑っちゃうくらいにね、って、あはははは、本当に笑っちゃったよ、スピンク。って、あれ？　なに？　なんでそんな妙な顔してるの」

「いや、別にしてないよ」

「いや、してた。絶対にしてた。あ、わかった。スピンク、わかったよ」

「なにがわかったの」

「つまりアレでしょ。百里を行く者は九十里を半ばとす、ってやつでしょ。つまり、まだ洗濯機が届いても居ない、この先、どんなトラブルがあるかわかったものではないのに浮かれて仕事にかまけていていいのか、ってことでしょ。わかるよ。あっ」

「どうしたの、大きな声を出して」

「いや、まったくその通りだと思ったんだよ。だってそうじゃないか。僕はいま大抵の洗濯機が標準取付工事付き、ということを確認しただけであって、まだ、洗濯機を註文していないんだよ。届くわけないじゃん、いっやー、スコタン、スコタン。あんがとね、スピンク。気づき、をあんがとね。あと、神とかにも感謝しようかな。ええっと、ということは浮かれて仕事なンどをしている場合ではないって、ことだよね。あはははは、あははは。あきゃあ、って、ぼく、バカになっちゃった。って、いまのジャックスというバンドの楽曲の捩《もじ》りなんだけど、わかるかなー、わっかんねぇだろうな、シャバドゥビドゥ、イエイ。というのもわからないでしょうが、まあ、そんなことより、洗濯機を註文いたしましょうおず。おおそうじゃ」

そう言ってポチはコンピュータの鍵盤をポチポチ叩き、時折、ウッホッ、オッホッ、ヒョーイといったカントリーミュージック調のかけ声のような声をあげたり、うむっ。と呻いたり、なっるほど、そうきたか。と呟いたり、君たちはたかが洗濯機のことにかくも熱情的に議論するのだ。それが僕の根本の懐疑だ。と言ったり、やっぱその値段なってまうかー。と頓狂な声をあげるなどしていましたが、やがて、ああああああっ。もう、なにがよいのか、さっぱりわからない。ええいっ、もうこうなったら自棄《やけ》だ。文句ある奴は来いっ、と大声で怒鳴り、そんなに怒鳴るのだから、暴れるとか大立ち回りを演じるといった派手なことをするのか、と思ったらさにあらず、座ったまま地味に、購入する、と書かれた釦《ボタン》を押しただけなのでした。

それから暫くの間、ポチは虚脱したようになっていましたが、やがてヒクヒク笑ったり、恣意的に痙攣するなどしたかと思ったら、一連の騒動の決着がついて疲れたのでしょう、二階へ上がって眠ってしまいました。

さあでもこれで一応、曲がりなりにも洗濯機を買ったわけですから、一眠りした後は安心して仕事に取りかかるだろう、よかったことだ。と、私も安心しましたが、起きてきたポチは仕事に取りかからず、壊れた洗濯機の上の棚に置いてあるものをどかしたうえで、工具を持ってくると、棚を破壊し始めました。驚いてその訳を尋ねると、なんでもいまやすべての洗濯機が福禄寿化しており、以前のように四角なのは売っておらない。そこでやむを得ず棚を破壊しているのだ、と答えました。

そうして棚を壊した後もしかしポチの心配・不安は止みませんでした。業者から工事の日程の打ち合わせの電話がかかってくるまでは、自分は電話番号を正確に書いただろうか。と不安に戦《おのの》き、電話がかかってきた後は、寸法の測り間違えはなかっただろうか、との思いから、深夜にガバッと起きて突如として巻き尺で寸法を測りだしたりと、心落ち着かず、まったく仕事ができておらないようでした。

しかし四日後、二名の作業員がやってきて取付工事をし、洗濯機は予定の場所に収まりました。ところが、排水ホースの取り回しの関係で洗濯機は予定より十五センチほど前に出っ張る形で設置されました。

作業員が帰った後、そのことに絶望したポチは流し台の前にうずくまって動かなくなりました。その姿があまりにも可哀想な感じだったので行って耳と頰を舐めてやりましたが効果はありませんでした。あのときばかりは本当に気の毒なことでした。なにをやってもうまくいかないダメな主人。それでもまあ生きています。私たちと一緒に生きています。生きていればそれでいいじゃないか。それだけでいいじゃないか。と、私は思います。思っています。

秋冬のファッションと誤り

九月になって大層涼しくなりました。ついこの間までは蟬の鳴き声が喧《やかま》しかったのですが、このところはリーンリーンリーン、スイッチョ、なんて虫の鳴き声が聞こえています。空気が澄んで空に鱗雲がかかり、そういうものを見ると、ワワワン、季節は巡っているのだなあ、と思いますが、私たちの生活はあまり変わりません。

ああ、でも着物が替わります。夏の間はヒエヒエ服というのを着ており、いまのところ日中は暑い日もありますので、まだ着ておりますが、もう少し涼しくなると美徴さんが、普通の服を出してきてくれます。

といってヒエヒエ服というのがなんなのかわからない方もおらっしゃるでしょうから少しくご説明いたしますと、ヒエヒエ服というのは、私たち犬やポチにはわからない特殊な物質が繊維に練り込んであるため、体表の温度が常に二十五度に保たれるという特殊な着物です。

　これは私たち犬にとって大変にありがたいシロモノで、ご案内の通り、私たちには人間のように汗をかいて体温を調節するということがございませんので、夏の盛りなどは暑くてたまりません。

また、人間より地表近くにおりますものですから、舗装道路や混凝土《コンクリート》や石畳やなんかの跳ねっ返りの熱をけっこう浴びてます。

　これが高じると熱中症という病にかかってぶっ倒れてしまいます。

　そんなときこのヒエヒエ服を着ていると、随分と楽なんでございますね。私たちがこのヒエヒエ服を着て歩いていると、すれ違いざま、さも呆れたという口調で、「この暑いのに犬に服を着せている。なんて可哀想なことをするのざましょう」と、聞こえよがしに言う人がありますが、すみません。てなわけで、ぜんぜん大丈夫でございます。というか着ていないと逆に日光で皮膚が灼けちまいます。

　というと、秋冬はなんなのだ、ということになりますが、これは一〇〇パーセント、ファッションです。キューティーやシードがどう思っているか知りませんが、私は人に賞賛されるのが比較的好きです。散歩をしていて若い女の子やなんかが、私を見て、きゃあ、とか、すう、とか言っているのを聞くと実によい気分になります。その際、可愛いー。と言われることが多いのですが、私は、格好いい。とか、粋だね。とか言われることを好みます。可愛い！と言われるより、格好いい！と言われた方が嬉しいのです。

そのためにファッションは重要で、秋冬と雖《いえど》も裸で出歩くなどといったみっともないことはできないのです。

というと、え？　それっておかしくね？　だってスピンク、自分で服、選んでねぇじゃん。と、粗野な市井の言葉でいう人が出てくるかも知れませんが、実は、はい、その通りです。私の着物を選んでいるのは美徴さんです。

でも考えてみてください。人間の世界にもタレント、モデルなんて人がいて、そのなかにはファッションリーダーと呼ばれる人がいますが、その人たちの才能は服を選ぶ才能でしょうか。

違います。まあ、そうした才能も少しはあるでしょうが、それについてはまた別の専門家がおり、そういう人に任せればよく、そういう人たちに求められている才能はそれとはまた違う才能、すなわち着こなす才能です。

要するに、専門家がいくら服を選んできても、それが似合ってなければ、格好いいー。とか、粋だ。とか言われることはないのです。また、私は美徴さんが選んだ着物ならなんでもよい、と思っているわけではありません。

いくら美徴さんと雖も、いつも私の気に入るような着物を選ぶわけではないからです。例えばある日のこと。その日、私は、ちょっと不良な、ロックな感じで、黒っぽい感じで散歩に出掛けたいような気分でした。

ところが美徴さんが私ども専用のクローゼットから出してきた着物はあろうことかスヌーピーの柄のイエローな感じの着物でした。

さあ、気に入りません。そういうとき一般の、ファッションにこだわりのない犬ならどうするでしょうか。まあ、気分ではないが飼い主が言っているのだからこれでいいだろう、と諦めるでしょう。けれども私は自分の着たい着物を着たいので、はっきりと断ります。

勿論、口で、湾、と言っても向こうはわかりませんので別のやり方で伝えます。

どうやるのかと申しますと、まず、くすぐったくて堪らぬ、という風情でゲラゲラ笑います。ゲラゲラ笑いながら、いやんいやん、と言いながら四肢をグニャグニャさせます。

最初のうちは美徴さんも、「スピンク。ふざけないで」などと言って叱り、それでも着物を着せようとしますが、暫くこれを続けると、美徴さんは根負けして手をとめ、「どうしたの？　この服が嫌なの？」と聞いてきます。

その瞬間が肝心です。

動きを止め、真顔で相手の目を見て、大きな声で一言だけ、湾、と言います。そうすると、「あ、そうなの。嫌なの」と、わかって貰えるのです。

あのときもそうで、そのようにしたところ、美徴さんは私の好きな、背中のところにスカルの絵が描いてある深いグレイの着物を出してきてくれたのです。

このように私は安全のために、或いは、自分の気に入るファッションのために着物を着ているのです。にもかかわらず、私たちが着物を着ていることに批判する人たちがいます。

例えばある日のこと。私たちが都心の大きな公園を歩いていると向こうから手をつないだカップルが歩いてきました。

男はデニムのジャケットを羽織った小太りで背の低い若い白人でした。女は地味な態の痩せた日本人でした。そのとき私たちは揃いの、でも色違い、というのはそれぞれ似合う色が違うものですから、の着物を着ていたのですが、そのカップルの男の方が私たちを見てすれちがいざま、美徴さんと主人の目を直視して、「カワイソー」と平坦な発音の日本語で言いました。

その一言には、犬に服を着せるのは可哀想だ。そんな可哀想なことをして喜んでいる君らは程度の低い人間だ。しかし、程度の低い人間は自分が程度が低いことに死ぬまで気がつかない。そこで程度の高い人間である私が君たちのそれを短い言葉で教えてやる。という意味が込められているということが私にもわかりました。

当然の話ですが、それは間違いです。なぜなら、犬に服を着せるのは可哀想、という前提が間違っているからで、なぜ間違っているかというのはこれまで話したとおりです。私は気に入った着物を着ているのです。そして人々にキャアキャア言われて喜んでいるのです。誇らしく思っているのです。ちっとも可哀想ではありません。以前にも申しましたが飼い主によって珍妙なカットを施され、恥じ入っている犬がいます。ああいうのは確かに可哀想ですね。

ではなぜその小太りの白人男性は着物を着た私たちを見て、カワイソー、と思ったのでしょうか。

それは凡《およ》そ動物は自然の状態で生きるのがもっとも幸福であり、犬もその通りである。という考えを持っているからでしょう。

しかし、これも以前に申しましたが、私たちは野生動物ではありません。人間が作った、人工の生き物で、永年にわたって品種改良もなされています。ですからほぼすべての犬は登録された飼い犬で、自然の状態、で生きることはできません。

できるだけ自然に近い状態、が理想なのであれば、着物はおろか、首輪も引き綱も、カワイソー、ということになります。シャンプーもカットも、カワイソー、ということになりますし、予防接種などの医療行為も、カワイソー、ということになります。

これらをすべて廃すればどうなるでしょうか。

毛が伸びて何犬かわからなくなったプードルが悪臭とノミをまき散らし、病気が蔓延し、自然な交配によって犬が次々に生まれ、その多くは目の開かぬうちに死に、生き延びたものは野犬となって人畜を襲い、また、放し飼いのロットワイラーや土佐犬が町内をうろついて、子供や年寄りや小型犬を嚙み殺し……、となると人間の社会が犬に脅かされますから、当然、人間社会は、駆除、を始めるでしょう。もちろん、現実にそんなことが起きるとは思いませんが、犬を自然に任せる、ということはそういうことなのです。

なので、ビルディングが林立し、高速道路が縦横に走る都会に住んでいる人はどうしてもそう思ってしまうのかも知れませんが、自然＝善、人工＝悪、と無闇に信じ込むのはよくないことだと私は思います。

　というのは人間もまたそうですよね。自然のままが一番じゃー、と言って、やってよいことと悪いことの別を教えず子供を自然のままに放置したらどうなるでしょうか。

　放し飼いのピットブルのような人間になること必定です。

　そして自然というのはときに過酷です。大雨洪水で田畑が流されたかと思うと旱《ひでり》が続いて秋稼《しゅうか》登らず人民大衆は餓えて苦しみます。火山が噴火したり、大地震大津波が襲ったりもします。

　その被害から完全に免れることはできませんが、被害を減らすために人間は、河川を改修したり、溜池を掘ったり、堤を拵《こしら》えるなどしてきたのです。

　或いは医療もそうだし、或いは化学工業などもそうだし、或いはもっと先端的な技術などもそうです。その恩恵をどっぷり享《う》けながら、自然こそは善だ。すべてを自然に戻せ、などと言っている人をよく見れば猿にかも似る。なーんて思ってしまいます。

　ところがそういう人に限って攻撃的というか、自分の頭のなかでだけ、そう思っていてくれればよいのに、ことあるごとに、自然＝善、人工＝悪、というひとつの尺度をすべてに当てはめて他を呪ったり、傷つけたりするのです。

でもそれはいま言ったように間違いなので、もしそこいらで私たちを見かけてもそっとしておいてくださいね。あ、でも賞賛だったら言ってもいいですよ。おほほ。

って、私はなんの話をしていたのでしょうか。

そうです。私はもはや秋だ、という話をしていたのでした。そいでヒエヒエ服、という着物の話をしていてこんな話になってしまったのですね。ごめんなさいね。

そうそしてそうやって季節は変われど私たちの生活はあまり変わらない、という話をしていたのでした。

そう言えば草刈りをしたり洗濯機が壊れたりしてちっとも捗らなかった主人・ポチの仕事がその後、どうなったかというと、相変わらず思わしくないようです。まず、ご報告しますと、洗濯機の出っ張りの問題はポチがインターネットで、ドラム式洗濯機用高さ出し台、というのを購入のうえ、腰痛をおして、自ら流し台の上に立ったうえで、倒立するような恰好で十五センチほどのスキマに頭と腕をグイグイ突き込んでこれを取り付け、解決しました。

だったら仕事に戻ればよいのですが、その後、住民税金の納付期限が過ぎていることが発覚したりインターネットが突如として繋がらなくなったり、物干し用のピンチが沢山ついた四角いハンガーの鉤《かぎ》の手の部分が立て続けに折れたり、鍋の蓋のつまみの部分が割れて取れてしまう、といった問題が立て続けに発生し、その都度、ポチは東奔西走しなければならず、仕事は相変わらず捗っておらないようです。

先日はオニヤンマが網戸とサッシの間に挟まって動けなくなっていて、これを救助するため網戸を外そうとして大騒動になりました。

そんなことで私たちは変わらずに暮らしています。

と、主人に脳で命じてここまで書いたら脇で聞いていたシードが言いました。

「あのさあ、スピンク」

「なんですか」

「君、着物、着物、って言ってるけどさあ、通常、キモノっていうのは和服のことを言うんだよ。俺たちの着ているのはキモノじゃない、ヨーフク、即ち、洋服だ。偉そうに言って間違っちゃや、いかんね」

きゃいーん。尾が下がりました。だそうです。お詫びして訂正いたします。お休みなさい。

多忙なんですよ。足袋でもはこうかな。

庭のあちこちにススキが生えてもはや秋だなあ、と思っていたら、摂氏三十度を超える日もあって、いつまでも私たちの夏服がしまえない。と美徴さんがこぼしていましたが皆さんはいかがですか。

まあ、必ずしまわなければならないということでもないのでしょうが、家のなかの空間には限りがあるため、その季節にしか使わない、季節もの、は畳んで積み重ねて収納しないと家が狭苦しくなるのでしょう。

また、シードによると、人間は、季節感、というものを大事にするそうです。そういえば先日、ポチは、月見、ということをしました。夜分、庭からススキを刈ってきて壺に挿し、木の台に饅頭を山盛りに盛って、部屋の灯りを消し、開け放った窓から月をみたのです。

なんでそんなことをするかというと、そういうことをすることによってシードの言う、季節感、を感じて、いい感じになって悦に入るためだそうです。けれどもそんなとき、ふとかたわらに、扇風機や蚊取り線香なんてものが出しっ放しになっていると、せっかくの、季節感、が台無しになってしまいます。なので、その季節にしか使わない、季節もの、は、その季節が終わったら片付けなければならないのです。勿論、夏に冬のものがあるのもNGです。同じように春に秋のものがあるのも、夏に春のものがあるのも、冬に春のものがあるのも駄目です。

というと、いやはや、人間というのは面倒なものだ、と犬ならみんな思うでしょうが、このところ私は犬ながらその面倒くささを実感しています。

というのは、いままで黙っていて申し訳ないのですが、実は私、最近、店をやっているのです。というと、え？　犬が店を？　と思う人があるかも知れませんが、やっています。売っているのは私たち犬が生活するために必要なもの一通りで、例えば、日々のフード、八《や》つ、それこそ春夏秋冬の衣服、ベッド、フードボウル、カート、キャリーバッグ、リード、カラーやなんかです。

店の名前は、「スピンクの家」で、そう。私はいまや経営者なのです。

経営者はまずなにを考えるべきか。

それは、儲け、です。利益を上げなければならないのです。まあ、そのために品物を並べて売っているわけですが、ただ並べればよいという訳ではなく、やはり、よく売れるものを並べる必要がありますが、その際、大事になってくるのが右に申し上げた、季節感、の問題で、夏に冬服を並べておいても売れませんし、逆に冬に夏服を並べても売れませんよね。そこで過ぎ去った、季節もの、は家庭と同じく、畳んでしまい、これからの季節にあった品物を並べなければならないのです。

ところが、このように涼しくなって、いよいよ寒くなっていくのかなあ、と思う矢先に、またぞろ暑くなったりして、そうすると、ヒエヒエ服をお買い求めになるお客様がいらしたりするものですから、なかなか品物の入れ替えができずに、困っている、という次第なのです。

というと、「スピンク。おまえは犬ながら、自分で咥えて服を畳み、箱にしまって倉庫に持っていくなどするのか。器用な犬だなあ」と、感心される方があるかもしれませんが、それは買い被りというもので、私がものを運ぶ場合、口を使うしかなく、それだとどうしても限界があって、自分ではできません。

では誰がそれをやっているかというと、美徴さんが私の意を汲んでやってくれています。また、品物を仕入れたり、資金を調達したりというようなことも美徴さんが担当してくれていて、本当に頭が下がります。美徴さんがいなければ私の店は成立しません。私はそうしたお金の勘定のようなことはからきし苦手なのです。或いはシードならば、とも思い、話を振ってみましたが、「俺は牧場の生まれだから……」と断られました。ただ、キューティーとともに店番のようなことをしてくれます。ポチも、ゴミ捨て、送り迎え、使い走り、などで頑張ってくれています。

なーんて感じで店をやっているのですが、なんで突然、店なんて始めたのか、と思う人も多いでしょうから、それについてお話しいたしましょう。

私が店を始めたのは、そういうことをしてみんなの人生が愉快になると愉快だなあ、と思ったからで、この場合の、みんな、というのは、犬と犬の飼い主、のことです。

例えば先に、衣服の話をいたしましたが、ああいうのもそうです。変な服を着ていると気持ちが、ショボボボン、となりますが、気に入った服を着ていると愉快になります。犬が愉快になるとその愉快が自ずと飼い主に通じ、飼い主が愉快になるとその愉快が犬に通じ犬はますます愉快になります。よい循環が生まれ、犬と人間の関係がよいものになっていきます。もちろん、粋な衣服を買いさえすればそうなるというものではありませんが、そのきっかけを提供したいなあ、と愚考したわけです。

それからフードとかもそうです。シードはヤキソバとかカツ丼とかを食べていたそうで、私もソフトクリームとかが好きなのですが、なんでもそうしたものばかり食べていると身体に悪いそうです。だから予《あらかじ》め犬のために作られたドッグフードを、ということになるのですが、やはりよいものもあれば悪いものもあり、質の悪いものは健康に悪い影響を及ぼします。けれどもよいものは量そのものが少なく、よほど探さないと売っていません。そこで美徴さんに調べて貰って、よいものだけを売ることにしたというわけです。

また、みんなが立ち寄って知識や情報を共有できる場所があるといいなあ、と思ったというのもあります。

普段、散歩をしていてけっこう犬に会います。快活で友好的な犬が多いのですが、犬や人間を怖がって半泣きで逃げ惑ったり、或いは、ずっと威嚇的に吠えている犬もいます。激高してだれかれかまわず嚙みかかってくる犬。或いは暗く沈んで、感情を失してしまったような犬もおりますし、意味なく興奮しっぱなしの犬もいます。

それは人間にとっても犬にとっても愉快なことではなく、悪い循環が生まれ、犬と人の関係も悪いものになっていきます。そういうときに、いやまあ、実際のところ大変っすよね。君んとこも。みたいな感じで話ができる場所があれば随分と違ってくるのではないかなあ、と思うのです。そんな話をすることによって、自分が考えていたことが単なる思い込みであったり、知らなかったことを知ったりして、よい方向に向かうきっかけになったらなあ、って感じで。

などと考えて店を始めましたので、最近、私は忙しいのです。

以前であれば、絶対にこれをしなければならない、ということは特になく、朝、起きたら出たとこ勝負、散歩に出るもよし、そのまま夕方まで寝ていてもよし、いたって気楽な身分なのはポチと同様だったのですが最近は、午前十一時に店を開けるために十時過ぎには町に降りていかなければならないのです。また、店を開けている間は、いつお客様がいらっしゃるかわかりませんので、店に参るまえに散歩を済ましておかなければなりません。

店に出たら出たでテンテコマイです。というと、犬のすることがあるの？　と思う方もおありかも知れませんが、おおありのコンコンチキです。例えばどういうことかというと、こうした客商売というものは愛想が肝心です。

どうですか、皆さん。無愛想で、なにかにつけ上からものを言ってくる店と、愛想よく、笑顔で接してくれる店、どっちで買いたいですか。当然、愛想よくしてくれる店で買いたいですよね。

そこで商人は、お客様が見えると出ていって、笑顔で、いらっしゃいまし。と、言うのですが、それも、うわべだけの、愛想ではだめなのです。本当に心から来てくれてうれしい、と思わなければなりません。

私の場合、人も犬もどちらも好きな方で、誰かが来ると、うれしい、と思うたちなので、そこいらは変に演技をしたり、イメージトレーニングをしたりする必要はありませんが、基本的に店では寝そべっているので、お客様が見えると大急ぎで立って、それから尻尾を振って、お客様を見て、それから笑って、アフッ、と挨拶をするのは、けっこう大変です。

なぜなら素早く立ち上がらないと、その間に、お客様は店の奥まで入っていってタイミングを失し、「なんだ。この店は。客が入ってきているのに経営者は寝そべったままか。失敬な店だな」と、気を悪くされるかもしれないからです。

それを防止するためには寝そべらないで予め立っておればよい訳ですが、そういうときに限ってお客様がいらっしゃらず、草臥《くたび》れてきます。そこで、仕方がない。寝そべるか。と思って寝そべった瞬間、慌てて立ち上がる、みたいなことになって、実にもう、大変なのです。

また、店には不特定多数の方がみえます。なので、幸いにしてまだそんなことはありませんが、悪人の方が乱入されて、銃を突きつけて金品を奪う、というようなこともあるかもしれません。そんなときポチならばどうするでしょうか。命ばかりはお助けを、と言って金品を差し出すでしょう。まあ、それが強ち間違《あなが》っている訳ではありません。ちょっとでも気に入らないことがあったら簡単に人を殺す、みたいな人と戦っても死に損ですからね。金で命は買えませんからね。理不尽に思えても、無駄なことをするよりは、相手に従う方が悧巧《りこう》というもので、シードはそういうことを指して、カンシンノマタクグリ、というのだ、といっておりました。

しかし私はこの店の経営者です。最高経営責任者です。というかそれ以前に犬です。この鋭い牙は伊達ではありません。悪人の方がいらっしゃったら飛びかかってのど笛に嚙みつく振りをしなければなりません。私には店を守る義務があるのです。

また、そこまで悪人でなくても、しつこいセールスや勧誘の方がお見えになる場合があります。そうした場合は、まあ、嚙みかかる振りはしませんが、自慢の太い声で、ばうっ。と吠えて、お断りをしなければなりません。

また、きわめて稀なことですがお客様の犬同士が喧嘩をされるときがあります。そういうとき私はこれをとめなければなりません。

あるとき、お客様のフレンチブルドッグが別のお客様に噛みかかりました。そういう場合、通常は飼い主の方が、自分の犬をとめるのですが、その飼い主の方は、「犬同士のことは犬同士で決めさせる」と仰り、なかなかとめようといたしませんでした。

しかしこれは明らかに誤った考えです。ひとくちに犬と言っても、性格も体格もこれ様々です。土佐犬とチワワが往来でトラブルになり、これを当人同士に決めさせたらどうなるでしょうか。もちろん悲惨なことになります。

ところがこうした考えの人は、「犬に任せておけば犬同士で上下優劣を決めて問題を解決する」と言い張ってやみません。そして、その根拠を問うと、「犬は群れで生きる生き物なので、自分たちで群れの秩序を作り維持する」と答えるのですが、もちろんこれは誤りです。シードによるとこうした考えを、新古典派動物学、と呼ぶそうです。

しかし、私は経営者なので、そんな風に、「ははは。それは新古典派動物学じゃよ」と言って澄ましているわけにはいきません。私は喧嘩している犬の間に飛んで入り、

「待ったっ。そんな風に喧嘩をするばかりが脳ではない。脳というものはいろんな働

きをしている。脳。農。能。この三者の関係性からすべてを解き明かしていこうではありませんか。わからないときは茂木健一郎さんに聞きに行こうではありませんか」などとわざと相手が混乱してぽかんとするようなことを言い、犬たちの極に達した興奮を静めます。

そのほかにも店をやっているとやることが山ほどあって、このところ私はとても忙しくしているのです。

そんな訳で、以前のように主人と観光地に行って一緒に猿を追いかけたり、また、遊び相手になってやることもできないので、主人は若干、寂しそうにしており、実に気の毒ですが、まあ、儲かったら銭をあげるから我慢しなさい。なんて考えつつレジスターの脇に寝そべっていると、美徴さんに、「スピンク、そこで寝てたら邪魔」と言われて、さっぱわや、です。こうみえて私は忙しいのですがね。おほほほ。

WELCOME
OPEN

ポチの練習・シードの光の智慧

最近は遠くの山のところどころが赤くなっています。紅葉、というやつですね。もう少し寒くなると、全山が真っ赤になって、これを鑑賞すべく都会からたくさんの人が出るようですが、皆さんはもう紅葉を見ましたか。

私どもの近くには、いつの時代にか渓間にたくさんの梅を植えた人があって、時代が経って成長、三月になると渓間に紅梅白梅が咲き乱れて、あまりに美しいものですから、有志が集まって観梅のイベントを毎年、開いているようです。

そしてこの渓間には梅の他に、紅葉も植わっており、この季節になると真っ赤に紅葉します。そんならいっそのこと紅葉のイベントも開こうではないか、というので、何年か前から、もみじ祭り、というのをやっているのですが、今年は、主人・ポチがそのイベントに出演するらしいのです。

ポチはいったいなにをやるのでしょうか。歌でも歌うのでしょうか。或いは、ポチは小説家なので読書会かなんかを開くのでしょうか。そうではなく、ポチは、詩の朗読、というのをやるそうです。自分の書いた詩を読むのですね。

でも、詩、ってなんなのでしょうか。ポチが毎日、幽鬼のような表情で書いているのは小説というものらしいですが、それとは違うのでしょうか。

シードによると、全然違うそうで、詩には気分があり、小説には気分がなく、小説には筋があるけれども、詩には筋ではなくて骨があるそうです。また、犬は小説で猫は詩ですが、詩人は犬を好み、小説家は猫を好むそうです。なんのことだかさっぱりわかりませんが、そのわからないものをポチは人前で読むらしく、そのための練習をしています。

初めてそれをみたときは気が違ったのかと思いました。

三日前の午後のことです。そのときポチは粗末な午飯《ひるはん》を食べ終え、椅子に座って悲しい顔をしていました。しきりに顔をしかめ、時折、ウグイッー、ギャギャッ、と奇声を発し、喉のあたりを指で揉むようにしていました。暫くそんなことをして、それから突然、立ち上がって訳のわからないことを言い始めました。

その内容たるや、まったく筋道が立っておらず、まるで思い出せないのですが、確か、「貧乏の子。毎日、洟《はな》たれてみっちゃんみちみち。駅弁の高価《たかじき》に驚きて、見上げればおばんのふんどし。女なんてさ、女なんてさ、嫌いさ、詳しくはWEBで！北海河童のにぎりずし、ベトベトやんかいさ、詳しくはWEBで！　結局、なんでもWEBか？　いえいえ、なにしろのろまな小僧なんで。なにしろのろまな小僧なんで」みたいな感じだったと思います。

これを首を左右に振って髪を振り乱し、両の手を振り上げたり振り下ろしたり、小便を我慢しているように地団駄を踏み、ときに急流のように激しく、ときに大河の如く滔滔《とうとう》と、ときに音吐朗々と、ときに囁くように、と様々に抑揚をつけて読むのですから、どうみたって狂人です。

しかし、詩の拙《まず》さはともかくとして、これに詩の朗読と名前をつけた瞬間、「あ、なるほど」と誰もが納得してしまうのは人間社会の不思議です。

つまりそれを往来でやっていたら間違いなく通報されるのですが、一段高い舞台でやれば、まったく同じことをやっても、「詩の朗読」ということになって通報されるどころか、お金を貰える場合だってあるわけです。

というのは詩の朗読に限ったことではなく、道ばたで人を殴ったり蹴ったりすれば暴力ですし、牧場で奇矯な唸り声を出して目を白黒させればガイ吉です。ところが同じことをリング上でやれば、格闘技ということになりますし、国立文楽劇場でやれば、お浄瑠璃ということになるのです。

私たちの犬社会にはそういうことはまずありませんね。発狂して吠えかかり嚙みかかる犬は、どうしたって吠え犬だし、嚙み犬です。そういう私どもから見れば同じことをやっているのに通報されたり、賞賛されたりするのは不思議に見えるのです。

まあ、それはそうとしてポチはこのところそうして詩の朗読の練習をしているのですが、イベントと言えば、先日、また別のイベントがありました。結婚式というイベントです。ポチが友人の結婚式に行って帰ってきたのです。

人間は結婚ということをします。シードは牧場で多くの結婚した男女を見たそうです。そのシードに人間はなぜ結婚するのか、と尋ねたことがあります。シードは、「まあ、癖のようなものだよ」と言っていました。

具体的にはどうするのでしょうか。口頭で、「がるるるるるっ、結婚」「がるるるるるるっ、結婚」と言えば結婚になるのでしょうか。そこのところがわからないので、これもシードに問うたところ、シードは、「それじゃあ、だみだ」と言いました。「そうやって当人同士が結婚と言い張ってもそれは結婚にはならないね」

「じゃあどうすればいいのかね」

問うたところシードは、当人だけではなく、当人たちがかかわる世の中の人や親族に、自分たちが結婚した、ということを見届けて貰い承認して貰って初めて結婚が成り立つ。具体的には当人たちが任意の神仏に結婚を報告し、それを人々が見届けることで承認したことにする、それがいわゆるところの結婚式だ、と教えてくれました。

「成る程。なかなか面倒くさいね」

「いやいや。なかなか。それだけでは世間は結婚を認めてくれない」

「え、あとなにをするんですか」

そう問うたところシードは、「さらに披露宴という名の宴会を催さなければならない」と言いました。

どういうことかというと、結婚式を見届けた人たちに、「オツカレー」「ドーモネー」と言って、そのまま帰ってよい訳ではなく、その人たちを招いてお礼と報告の宴会を開催しなければならないのです。しかもその際、酒は発泡酒とかホッピーといった安い酒ではなく、高価な三鞭酒《シャンパン》や上等の葡萄酒を出さねばならず、また、ご馳走も普段食べているようなヤキトリやモツ煮込みといったようなものではなく、珍奇な材料をふんだんに使った手の込んだ料理を出さなければならないんだそうです。

また、ただただ飲み食いすればよいのではなく、犬には到底、理解できない、複雑に入り組んだ式次第があり、それらを遺漏なく進行しなければならないそうです。

それら式次第は複雑であればあるほどよいのですが、複雑を増すごとに費用も膨れあがります。そこであまりお金をかけたくない場合は、いくつかの式次第を省くことによってお金を節約することができますが、その際、絶対に省くことができないのが、ケーキ入刀というやつだそうです。

どういうことかというと、まず人間の背丈ほどもあるケーキを拵《こしら》えて、台の上にのせます。そのケーキを結婚する男女がふたりで柄を持ち、日本刀でスパンと、真っ向から斬り下げます。当然、ケーキはふたつに割れます。その様を参加者全員が喝采し、賞賛し、動画や静止画を撮影して騒ぎまくるのです。

ケーキが綺麗にふたつに割れれば吉兆、ぐずぐずと崩壊すれば凶兆、というわけで結婚する男女は披露宴が行われる三箇月前から素振りを始めるそうで、そのための素振り教室も盛況だそうです。なので大抵の男女はスパンと脳天唐竹割《のうてんからたけわり》のように斬りますが、稀に緊張のあまり失敗をして、ケーキがグズグズに崩壊してしまうことがあります。結婚をし、さあこれから新生活を始め、幸福な家庭を築こうとしている、その矢先にこんな不吉なことが起こったのではたまったものではありませんから、そうし

た場合は、お色直し、ということを行うそうです。どうするかというと、結婚する男女はいったん会場の外に出て、上から下まで衣服を着替えて再入場します。つまり着替えることによって失敗を、なかったこと、にして、もう一度、ケーキ入刀、を行うわけです。その際に用意されるケーキは最初のものよりも小さめになっており、その分、失敗する可能性は小さくなっています。

それでも失敗した場合はどうなるのでしょうか。もう一度、お色直し、が行われます。つまりスパンとケーキが斬れるまで、何度でも、お色直し、ができる訳です。

しかし、これは名誉なことではありません。なぜなら、お色直し、をすればするほどケーキは小さくなっていくし、衣装もみすぼらしくなっていくからです。ある結婚をする男は、何度も失敗を繰り返した挙げ句、錯乱状態に陥り、みすぼらしい農夫の恰好で日本刀を振りかざし、結婚する予定の女を斬殺、さらには逃げ惑う参列者にも斬りかかり、最終的には喉をついて自滅したそうです。おめでたいはずの披露宴会がむごたらしい惨劇になってしまった訳で、大昔の、エド、という時代に起きたこのお話は、「大丸屋騒動」というお芝居になっていまに残っているそうです。

「いやはや、なんとも結婚とはむずかしいものですね」

「いやいや、それだけではまだ結婚できない」

「まだ、なんかあるんですか」

「うん。結婚式と披露宴会のあと、結婚しようとしている男女は家に帰らず、そのまま旅に出なければならない」

「旅に？」

「うん、そうだ。これを蜜月旅行という」

シードの説明はさらに続きました。

どういうことかというと、さあ、これで結婚をしたわけですが、人間というのは疑り深い生き物です。「あいつらはああやって結婚をしたとか言っているが、ことによると嘘かもしれんぞ」などと言う親戚のおじさんや職場の同僚がひとりかふたり必ずいるものです。なのでそんなあらぬ疑惑を晴らすために、みんなの見ている前でふたりきりで旅行に出掛け、行った先で写真や動画を撮影し、これを簡易ブログなどにアップロードし、帰ってきてからは旅行先の土産品を配り歩いて、このようにふたりきりで旅行した私たちは間違いなく結婚をした、と証明するのです。

その行き先はできれば海外というところがよいそうです。まあ、国内すなわち陸続きの土地でもよいのですが、やはり海外が好まれるそうです。その理由はシードによると、続いていると、やはりなんとなく延長線上というイメージがあり、これから新しいことを始めるという感じにならないからだそうです。

　ならばみんなが海外に行けばよいのですが、みんながみんな海外に行かないのは、海外に行くと多くお金がかかるからです。また、一口に海外と言っても安い海外もあれば高い海外もあり、海外ならばなんでもよい、という訳にはいかぬそうです。

　ケーキ入刀になんども失敗し、お色直し、をやり過ぎた、などの理由によってお金が足りず、この蜜月旅行に出掛けられない結婚する男女が稀にあるそうで、そうした結婚する男女は悲惨を極めるようです。というのは蜜月旅行に行かないと、まともな結婚をした、と認めて貰えないわけですから、蜜月旅行に行っていないのに行った振りをしなければならない、ということで、つまりはその期間は家にも帰れず、また、どこかで知り合いに姿を見られるとまずいわけですから、安宿に身を潜め、カップラーメンを啜《すす》って怯えて暮らさなければならないのです。もちろん、ただ身を隠していてもだめで、確かに蜜月旅行に行ったという証拠の品、すなわち、写真や土産品も捏造しなければなりません。

　このあまりにも惨めな状況に嫌気が差して結婚を取りやめる男女も少なくない、とシードは言いました。

　このような手続きを経て人間は結婚ということをするらしいのですが、いやはや、

なんとも面倒くさいですね。実はポチが結婚式に行ったのなら私も一度くらいは行ってみたいな、と思っていたのですが、話だけで十分な気持ちになりました。やはり私はそんなところに行かないで、いつものビーチをのそのそ歩いているのが性に合っているようです。

しかしそれにつけてもシードが結婚について詳しいのには驚きました。そこでシードに、なんでそんな詳しいの？　と問いました。したところシードは言いました。

「オレはそんなことをみんな牧場で学んだのさ。オレは牧場でいろんなものをみた。そしていろんなことを学んだ。そのなかには学ばなければよかった、と思うこともあったが、とにかくオレは牧場でいろんなことを学んだのさ」

そう言ってシードは赤いソファーに飛び乗り、前足に顎を乗せて目を閉じ、それから後はなにを問うても返事をしませんでした。

ポチの蹉跌・ぼくらの普通の智慧

十二月になったせいか、向こうの方で主人ポチが、アーノクターラサンミャクサンボーダイ、と言いながら猿の真似をしていますが、皆さんは大丈夫ですか。という間にポチは乗りを変え、今度は、百年、休まずに、キチキチ、ガイガイ。おじいさんと一緒にキチキチ、ガイガイ。と言いながら、架空の銃剣で架空の敵を突くような仕草をしていますが、ここまで来ると、これは十二月になったせいではないでしょう。なぜならこれが十二月のせいであれば、多くの人がポチと同じようなことになっているはずですが、みたところそうはなっておらないからで、つまり、ポチは十二月のせいでこうなっているのではなく、ポチ固有の事情によってこうなっていると考えられます。

ではどうしてポチはこんなことになってしまったのでしょうか。

考えて思いつくのは十一月三十日になにかあったのではないか、ということです。というのは、ポチがこんなことになってしまったのは、十二月一日からだからで、それで私は、十二月になったせいか、と最初、思ったのですが、そうでないのはいま見たとおりです。

では十一月三十日に何があったのでしょうか。

その日、ポチは午前中の割と早い時間に出掛けていき、夜中にひどく酔っ払って帰ってきました。

というと、酔っ払って転倒、頭部を激しく強打するなどして脳が悪くなったのか、と考えるのはごく自然なことですが、実は、この日の日中、ポチは普段やらないあることをしました。それは先月申し上げた、詩の朗読、というやつで、どうやらこの日、ポチは紅葉の葉っぱが赤く色づく渓間で自作の詩を読み、その後、遅くまで酒を飲み、そうして帰ってきたのです。

その翌日、すなわち十二月一日からポチはおかしくなったわけですから、これはやはり、詩を朗読した、その影響と考えるのが自然でしょう。

では、その詩の朗読の際になにがあったのでしょうか。朗読している途中にうえから照明機材かなにかが頭部に落下して脳が悪くなったのでしょうか。私はその現場に参っておりませんので詳しいことはわからないのですが、その日の夜、帰宅した主人と美徴さんの会話からなにかわかるかも知れません。

確か、その日のふたりの会話はこんなでした。

「うわあっ、酔っ払った、酔っ払った、ほわーい、ほわーい。頭がクルクルパーだ。家にお酒はなかったかしらん」

「え、そんなに酔っ払っていてまだ飲むの？」

「ええええ、飲みますとも」

「なんでそんなに飲むの」

「決まってるじゃないか。正気になるためだよ」

「家にお酒はありませんよ」

「うぷっ。ぶっ細工な家だな。じゃあね、神棚に御神酒《おみき》があるだろう。あれを持ってきなさい」

「そんなことをしたらたちどころに神罰がくだります」

「バカ言ってンじゃないよ。ぼかぁねぇ、今日、神様に詩を奉納してきたんだぜ。その僕に神様が罰をあてるわけがないじゃないか」

「え、神様？　お客様にじゃなくて？」

「お客様は神様なんだよ」

「それは三波春夫の場合のみでしょう」

「それはそうだ。でも僕は今日はお客様にも捧げたが、ほとんどは神様に捧げたんだよ。なぜだかわかるか？」

「わかりません。また、わかりたくありません」

「なんかねぇ、朗読しているうちにそんな気持ちになったんだよ。今日は神様に捧げようってね」

「へえー。お客様がいらっしゃらなかったの？」

「うんにゃ、たくさんいた」

「どんなお客様だったの」

「美しい紅葉を見に来たお客様だよ。シニア世代の方が多かったな。若い方も結構いらっしゃったが、小さいお子さん連れの若い夫婦とかね、そんな感じだったな」

「ふーん。で、あなたはどんな詩を読んだの」

「まず最初は、野垂れ死にした乞食の話だね。悲しい話だよ。食べ物がなくなって腐った饅頭と腐った干物食って腹こわして死ぬんだよ」

「その次は」

「店の金を持ち逃げして怒った親分に頭たたき割られて身体障害者になったテキ屋の兄ちゃんの話だよ。幻覚とかすっげぇ視ちゃう。脳をヌンチャクでやられたからね」

「その次は」

「ダサいカップルが間違えて都心のオシャレなレストランにはいっちゃってバカにされまくる話」

「その次は」

「国粋主義者が遊園地でむごたらしく殺される話」

「その次は」

「貧乏な母子家庭の親子がクリスマスに東京タワーの下で凍死する話」

「お客様はどんな人たちだったの」

「美しい紅葉を見に来た善良な市民だよ」

「で？　受けたの？」

「それが、おっかしいんだよ。ぜんぜん受けないでやンの」

「あたりまえだっつの」

「だから僕は途中から気持ちを切り替えて、神様に詩を捧げようと思ったんじゃない

BY THE SEA

か」

「駄目じゃないの。そんな詩を神様に捧げちゃあ」

「そうですかね」

「いずれ神罰が下りますよ」

美徴さんはそう言いましたが、横で聴いていた私は内心で、いや、もう下っているのではないか、と思っていました。そう言われたポチはしかし美徴さんに言いました。

「いや、でも大丈夫だ。っていうのはだねぇ、僕はだねぇ、来月の七日にもう一度、朗読をするんだよ。そのときにはやはり、もうちょっと趣向を凝らして普通の善良な市民の方々にも喜んでいただけるような、そんな詩を読もうと思っているんだよ。だからもう神にはね、あまり捧げないから、神罰というものは下らないことになっているんだ」

「だといいんだけどね」

と言って美徴さんがポチを憐れむような目で見たのは内心で私と同じことを思っていたからでしょう。

そして翌一日からポチはおかしげな振る舞いに及ぶようになった訳で、ということは、ポチのこのおかしげな振る舞いというのは、もしかしたら、ポチの言う、普通の善良な市民の方々にも喜んでいただけるような、趣向、なのでしょうか。

私は、だとしたらそれは完全な失敗に終わる、と確信しました。しかし、あんなに一所懸命に、ひたむきに芸に取り組んでいるポチにどうしてそれが言えましょう。私にできることは、ただ見守ることだけです。

それから約一週間、ポチは、今月今夜のこの月を僕のサムゲタンで曇らせてみせる。と泣き叫びながら鉄ゲタを履いて庭を走ったり、無闇に俳句をひねるなどしておりました。そんなことをするうちに七日になって、午前中の割と早い時間に出掛けていき、翌日の午前三時頃になって酔っ払って帰ってきました。

「酔っ払った、酔っ払った、ほーい、ほい。ヒューマン・ダストホイ」

確かそんなことを言いながら帰ってきたのですが、もはやみんな眠っており、相手をする者もないので張り合いがないと思ったのでしょうか。ポチは二階へ行き、暫くの間、ごそごそしているようでしたがやがて静かになりました。

翌八日。いつもははやーくに起きてくるポチですが、午前十時くらいになって幽鬼のような表情で二階から降りてくると、リビングにおいてあるアウトドアー用のチェアーに腰掛けました。そのポチに美徴さんが問いました。

「昨日はどうだったの」

「昨日？　どう？」

ポチは、不思議でならない、という顔で聞き返し、それから視線を落として自分の両手を凝《じっ》と見て、そして言いました。

「昨日は、ああ、やった。僕は朗読をやったよ」

「で。どうだったの。受けたの」

「受ける？　なんのことだ。僕はそんなつもりは毛頭なかった」

「じゃあ、やっぱり神に捧げたの」

「神？　なんのことだ。僕はそんなつもりは丸禿げなかった」

「じゃあどうしたの」

「人間には言えることと言えないことがある。僕はぢごくに行って帰ってきた。つまり僕のこの命は貰った命。拾った命。よみがえりによる永遠の命なんだよ。だから僕はヤクルトを飲むんだよ。乳酸菌が生きているからね。あとは黒オデン。黒いオデンの園。そのなかであなたはどんな生命ですか。つまりそういうことだった。それだけのことだ」

「失敗だったのね」

「うるさいっ。おまえらに俺の気持ちがわかってたまるかっ。僕は出掛けてくる」

「どこに行くの」

「飲みに行くのだ」

「えっ。まだ昼前ですよ」

「関係ないっ。酒は涙か溜息か。こころのうさの捨てどころ、という諺を知らぬのか。諺は常に正しい」

「それ諺じゃねぇし」

「おまえまでそんなことを言うのか。なるほど。とんだネギチャーハンだな。ライス大盛りだな」

そう言ってポチは出掛けてしまいました。まあ、予想通りポチの、趣向、が普通の善良な市民の方々に受け入れられなかったわけですが、それが事前にわからないというのがポチのちょっとアレなところです。

そのポチの後ろ影を見送ってキューティーが、「気の毒でございますね」と言いました。

「君もそう思うか、キューティー」

「思いますね」

「じゃあ、ポチが戻ってきたら励ましてやろう」

「どうやって励ましますか」

「そうだな。帰ってきたら飛びついて尻餅をつかせてやったらどうだろうか」

「いいね」

「そのうえで腹の上に乗って耳元でワンと吠えてやったらどうだろうか」

「いいね。それも大声で」

「そう、大声で」

「いいね、やろうやろう」

相談がまとまって私たちはポチが帰ってくるのを待っています。私たちはそうすることによってポチがウヒャヒャと笑って元気を取り戻すことを経験的に知っています。だから私たちはそれをするのです。そして実際にやりました。それでやっとポチは元気になりました。よかったことです。本当によかったことです。

犬のSNS・ヒトのDNA

人間の方には暦というものがあってなんでそんなものがあるかというと、シードによると、人間が農耕ということをする際、どうしても暦が必要になってくるからしいのですが、私たちは農耕をしないので、そんなものは必要なく、したがって正月というものも関係がないのですが、とはいうもののみながよい服を着て、ご馳走を食べてにこにこ笑い、おめでとう、なんて言っているのを聞くと、なんだか嬉しいような気持ちになってきます。なので元日の朝は私たちも、「シード、おめでとう！」「いやいや、スピンク君かね。おめでとう。今年もよろしく頼むよ」「キューティー、おめでとう！」「いやいや、スピンク君かね。おめでとう。今年もよろしく頼むよ」なんて言い合って遊びました。そして午前十時頃になってポチが二階から降りてきたので、「主人、おめでとう！」と快活に声をかけたのですが、主人は、「ああ、スピンクか。どうもどうも」と頓珍漢なことを言うばかりではかばかしい反応がないので、どうしたのだろう、と心配になって顔を見ると、幽鬼のような顔をしていて、私は、あ成る程。と思いました。

おそらくポチは二階で仕事をしていたのでしょう。というのは、仕事をした後、ポチは必ず幽鬼のような顔になるからです。ごく稀に恵比寿のような顔になるときもありますがそんなことは殆どなく、大抵は幽鬼のような顔になっています。仕事をすれば幽鬼になるのは本人もわかっているはずです。だったら元日くらいは仕事を休めばよいのに、と思うのは私ばかりではないでしょう。ところがそうできないのがポチの因果で、どうやらポチは人が働いていると休みたくなり、人が休んでいると働きたくなるようです。

そんなポチが昨夜、すなわち大晦日の夜、どういう風の吹き回しか、『紅白歌合戦』というテレビ番組を観ておりました。なんでも大変に人気の番組だそうですが、私は、この非常に人気があり、多くの人民大衆が楽しみにしているという『紅白歌合戦』を初めて観ました。なぜなら、私がこの家に参ってから大晦日の夜にポチが、『紅白歌合戦』を観たことは一度もなかったからです。

私は紅白に分かれた芸能者が入れ替わり立ち替わり現れて、歌をうたったり踊りをおどったりする様を非常に興味深く観ました。ところが、肝心のポチはというと、ちっとも楽しそうではありませんでした。苦り切ったような表情で、「ううむ」と唸ったり、「こ、これは」と驚いたように言ったり、「ちげーよ」と吐き捨てるように言うなどして、なにごとかに腹を立てているような様子で、バーボンウヰスキーをまるで薬か青汁でも飲むような顔をして、グイグイ飲んで、真っ赤な顔をしているのです。

そしてそのうちに泥酔者となって、しきりに譫言《うわごと》、奇声を発し、グラスに酒を注ぐ手元も覚束なくなった挙げ句、「私はもう寝るからね」となぜか穏やかな爺のような口調で言って、這うようにして二階に上がっていってしまいました。

そして正月中は概《おおむ》ね普通にしておりましたが、その間、美徴さんに頻りに、「正月というものがすっかり変質してしまったね」と話しかけていました。ポチの言い分は例えばこんな風でした。

「正月ってさあ、昔、もっと違ったよね。違ったっていうのはまず空気の感じがね、もっと、キーン、としてたって言うかサア、なんか普段と全然ちがってたんだよね。ところが最近は普通の感じなんだよね。普段とあんまり変わりない、つか」

「そうかな」

「そうだよ。キーン。なんだよ。このキーンがなくなってきたのが、だいたい一九九〇年頃なんだよね、その後、バブルが崩壊して失われた二十年が始まったような気が僕はしてならないんだ」

「関係ねんじゃね」

「いやいや、なかなか。だから僕はね、この正月のキーンが戻らない限り、日本の真の復活はないと思ってるんだよ。そのための秘策を僕は知っているんだが教えて欲しいか」

「別に」

「別に？　教えて欲しくないのか」

「うん。教えて欲しくない」

「いやにはっきり言うな。しょうがない。じゃあ、まあ、教えましょうか」

「いいよ」

「まあ、そう言うなよ。正月だから特別に教えてやるよ」

「いいよ」

「いやいやいやいや、遠慮しなくていいよ。それはねぇ、実に簡単なんだよ。つまりいまはね、正月から小売店舗が開いているでしょう。それによってあのキーンがなくなってるんだよ。だから、正月のそうさなあ、七日と言いたいが、せめて三日までは、小売店舗の営業をやめればいいのさ」

「はあ？」

「いやだからね、昔はサア、正月つったら、もうなんにも店、開いてなかったんだよね。勿論、工場とかも全部、休んでるわけでしょ。だから国中がなにかこう、静謐《せいひつ》っつうかね、もはや不吉な感じがするぐらい静かっつうかね、静まりかえって、そうするとなにかこう、空気がいつもと違うっていうか、キーン、としてくるんだよ。それがいまや一日から普通に店開いてるでしょ。コンビニもあるし。それでザワザワするんだよ。欲望のざわめきがね。だからつかねぇ、三十年くらい前はコンビニもあまりなかったんだよ。だから余計に、キーン、なんだよ。したがいまして、正月の三日までは小売店舗は営業しないようにすればいいんだよ。そうすれば、キーン、が復活して、日本が復活するんだよ。あと、『紅白歌合戦』で、無闇に大勢の芸能者が出て、歌っている人の後ろで揺曳《ようえい》するのもやめた方がいい。なぜなら見苦しいから」

「なるほど。わかったけど、じゃあ仮に、店が三日まで休んで、大勢の芸能者の踊りがなくなったらキーンが復活して、キーンが復活すれば日本経済が復活するとして
……」

「仮に、じゃない。これは本当のことなんだよ」

「じゃあ、本当のことだとして、どうやって小売店を三日まで休ませるわけ」

「そ、それは……。ううむ。どう考えても無理だな」

「だったら、キーン、とか考えても意味ないんじゃない？　できないんだし」

「まあ、そうなんだよね」

そう言ってポチは急に弱気な態度になって、「じゃ、ちょっと僕、スピンクと散歩してくるね」と言い、ダウンジャケットを着込み、引き綱を持ってきたので、私は座りをしてポチが引き綱をかけやすいようにしてやりました。

それで近所に散歩に行きました。午前、近所に散歩に行くときは、キューティーとシードは家に置いて、ポチと二名で参ります。なぜかというと、キューティーとシードは近所を歩くとどういう訳か極度に昂奮して、抑制がまったく利かなくなってしまうからです。それでも喜んでいるのだからよいではないか、と思う方もあるかも知れませんが、それは誤りです。犬の場合、極度の昂奮は心臓に負担がかかり、それが原因で頓死《とんし》してしまう犬もあり、また、キューティーは月に一度くらい癲癇《てんかん》発作を起こすのですが、極度の昂奮はその引き金になることがあるのです。

なので近隣の散歩は私だけが参るのですが、これ実は私にとってけっこう楽しみです。というのは、夕方の散歩はキューティーとシードを含め計四名で参ります。ところが、この二名が、ワチャワチャハタハタして、落ち着いた散歩ができんのです。歩いている間中、うわっ、と言ったり、きゃあ、と言ったり、また、突然、駆け出したり、グイグイグイ前に進んでいったり、とまったく餓鬼の散歩で、私はちっともゆっくりできません。

といってでも、そういう私も何歳くらいまででしょうか、そうですね、四歳くらいまではそんな感じでした。その頃までは、とにかく新しい匂いを嗅ぎたいと思いましたし、それが自動車でもカラスでも、動くものにはなんでも興味がありましたし、犬がいればとにかく側に行ってそいつがどんな奴なのかを確認して、遊べる奴なら遊びたいと思いましたし、腹立つ奴だったら嚙み殺そうと思っていました。けれども五歳を過ぐる頃より、そうした闇雲な散歩ではなく、もっとじっくりした散歩というのでしょうか、匂いを嗅ぐのでもグングン前に進み、はい、次の匂い、はい、次の匂い、と次々と新しい匂いを嗅いでいくのではなく、同じ場所を何度も行ったり来たりして、同じ匂いを何度も嗅ぐ。そうすると、さっき嗅いだときにはまったく気がつかなかった別の匂い方があったり、或いはもう、何十回、何百回と嗅いだ匂いなのに、また新たな発見があって驚いたり、そしてその根幹には変わらない、揺るぎのない匂いと、それに結びついた風景がある。そんなものをしみじみ感じる、といったような楽しみを感じるようになってきたのです。

そしてそれは知り合いの犬たちの記憶と結びついています。もちろんいまも元気な犬もおりますし、なくなった犬もおります。そしてまだ見知らぬ犬もいます。そんな犬たちの小便を深くquest・探求する。そのうえで丘に登り、目を閉じて前脚を踏みばって立ち、風を感じるのが無上の喜びなのです。

私がそういう風にしているとき、ではポチはどうしているでしょうか。そういうときポチは、questとは無縁の、まったくの放心状態で、パソコンがスリープしたような状態になって、顔もバカみたいな顔になっています。そういうポチの顔を見ると、いつもの幽鬼のような顔よりも、こっちの顔がこの人の本来の顔ではないか、と思ってしまいます。

そんな散歩を終えて帰ってきて、その日はいつものリビングではなく、客間の方に私たちも通って、美徴さんが用意した馳走を食べ、お酒を飲んでのんびりしたのですが、酔いが回るにつけ、ポチがまた、ノートタイプのコンピュータの画面を見ながら美徴さんにブツブツ言い出しました。

「ううむ。気に入らない」

「なにが」

「いや、なんかメールのようなものがきているのでね、なんだろうと思って見たら、フェイスブックなるものにメッセージかなんかが届いて、おめでとう、とか言ってやがるんだよ」

「いいじゃない。お正月なんだから」

「それはいいんだが僕はこのフェイスブックという制度になにかこう欺瞞的なものを感じるんだよ。人間を表面的にしかとらえないようになってるだろ」

「そこがいいんじゃないの。面倒くさくなくて」

「そこが嫌なんだよ。人間というのは、ことに人間づきあいというものは元来、面倒くさいものだ。その面倒くささを知っているくせに、その面倒をないことにして、いいね！　などという恥知らずな欺瞞を言うことによって、自己顕示欲を互いに保証するなどして、もたれ合ってる、腐った人間の集団を見ていると苛々してくるんだよ」

などとポチが話すのを脇で聞いていた私は、ポチが頻りに批判しているフェイスブックというものを、私の散歩時における匂い嗅ぎのようなものと理解しました。つまり、フェイスブックというところにいろんな人が自分の小便を残し、それをいろんな人が嗅いで回って、フムフム、この人はこのときこういうことをしていたんだな。いまこういうことをしているんだな。この人はこの事に関してこういう考えをもっているんだな。この人はこういう食べ物が好きなんだな。といったようなことを知り、そのうえに、具体的にはなんのことだかよくわからないのですが、いいね！　という自分の小便をかけて回ることらしいのです。だったら素晴らしくおもしろい行為だと思うのですが、ポチはそれが嫌なのだそうです。まあ、偏屈偏狭、頑迷固陋なポチですから仕方ありませんね。ポチがもし犬だったら、「俺は散歩が嫌いなんだよね」と言って散歩にも行かず、自宅に閉じこもってコングやターキーアキレスを囓って一生さびしく暮らす可哀想な犬になっていたことでしょう。っていうか、いまもそうですけどね。と、そう思って聞いていると美徴さんが言いました。

「それを一気に解消する方法を教えてあげましょうか」

「どうするんだ。自爆テロか。もうこうなったらそれも一興だな」

「ちげーよ」

「じゃあ、どうするの」

「アカウントを削除すればいいんだよ」

「そ、それは……、あまりにも……」

「あまりにも、なんなの」

「さびしい」

「バカ」

どうやらポチはquestはできないけれども人情は欲しているようです。人間というのは犬に比べると随分と単純な生き物ですね。っていうか、ポチが特別そうなんですかね。今度、シードに聞いてみようかな。おほほ。

イラチ

大雪が降って、ことに私どもの住まいたしおりまする山奥にはいたく降って、まだ溶けきらずに道ばたに積もっておりますが、皆様、お変わりございませんか。スピンクです。

さて、私がいまどこにおりまするかと申しますと、スーパーマーケットの駐車場におります。高床式というのでしょうか、コンクリートの柱が林立して薄暗い一階部分が駐車場で、売り場は二階にあります。スーパーマーケットの売り場には犬は入れないことになっておりますので、私たちは駐車場に停めた車の中で買い物が終わるまで待っている、という訳です。周囲の車の中には、同じように待っている犬が結構いて、ときおり小型犬の甲高い吠え声が聞こえて参ります。一緒にいるのはいつものようにキューティーとシードなのですが、今日は珍しいことにポチも一緒にいます。なぜ、ポチがいるのが珍しいのかというと、いつもはポチが買い物に行き、美徴さんが私たちと車の中で待っています。ところが、今日はポチが私たちと車の中に待っているのです。

なぜ今日に限ってそんなことになったのか、というお話をするためには、まず、なぜ、いつもは、美徴さんではなく、ポチが買い物に行くのか、というお話をしなければなりません。

なぜ、美徴さんではなく、ポチが買い物に行くのか。

それは、ポチが極度の、イラチ、であるからです。イラチ、とはなにか。一言で言うのは難しいのですが、慌て者、短気な人、すぐいらいらする人、せっかちな人、人の話を最後まで聞かない人、三分待てないでバリバリのカップ麺を食べ、まずっ、と言って情けない顔をする人、信号待ちで発狂する人、十五秒ごとに時計を見る人、考えてから行動するのではなく、とりあえず行動してそれから考える人、といった人のことをイラチと呼ぶのですが、ポチはこのすべてに当てはまっています。

つまり、落ち着いてじっくり考える、とか、慎重に行動する、といったことが一切できず、早のみこみ、早合点の挙げ句、同じ失敗を繰り返し、がためにいつまで経っても浮かび上がることができず、底辺を這いずり回っているのだけれども、そのことにも気がつかないほどの慌て者、ということです。

そんなポチですから、美徴さんが買い物をしている間、じっと車の中で待っているなんてできる訳がありません。

よほど以前のことですが、ホームセンターに買い物に行った美徴さんを車の中で待ったことがありますが、いやはや、大変なことでした。最初は余裕綽々《しゃくしゃく》で、

「普段だったら僕が行くのだが、僕は君が必要としているという、手芸用品、にくらい。くらいというのは表が暗い、とかそういったことを言ってるんじゃないよ。知識に乏しいということだ。って訳で僕が行ってもなにを買ったらよいのか、さっぱりわからぬゆえ、あんたが行ってくるといいよ。僕は、ここでスピンクたちと黙想かなんかをしているから。ゆっくり買い物をしてくるといいよ。ただし、あまり金を遣いすぎるなよ。貧乏になってしまうからな。ははははは。あははははははははっ」

なんて言ってたのですが駄目でした。

「さ、行っちまった。ああは言ったものの、いざ行かれてみると、なにもすることがなく、落ち着かぬものだな。黙想なんて戯談《じょうだん》のつもりだったのだが、実際にやってみるか」

と言って、目を閉じ、黙想を始めたのはよいのですが、一分と経たぬうちに、くわっ、と目を見開き、「駄目だ。あまり黙想ができない」と言って、落ち着かぬ様子であたりを見渡し、そして独り言を言いました。

「なるほど。わかったぞ。この車に問題があるのだ。つまり、ほら、よく見るとこの車、ちょっと斜めに停まっているんだよ。僕は、まっすぐにしたものの、そこはほら、家の駐車場と違って慣れない駐車場だったから、加減を間違えてちょいと曲がっちまったのさ。これが気になって黙想ができなかったのだ。ははは、なんだなんだなんだ。そんなことだったのか。よしっ。スピンク、よしっ、よしっ。早速この曲がりを直そう。おおそうじゃ」

ポチはエンジンをかけ、車をわずかに前進させ、それから、シフトギアをRに入れ、カッパが無心に砂ずりを食べているような顔をしてハンドルを左右に動かしつつ、車を後退させ、車を真っ直ぐにして、そして、また、独り言を言いました。

「さあ、これで車が真っ直ぐになった。問題はなにもなくなった。さあ、黙想をしよう」

ポチは再び目を閉じ、黙想を開始しました。ところが、三十秒もしないうちに身体を前後に揺らしはじめ、ウウム、ウウム、とうなり声を上げ、やがて両眼を、くわ

つ、と開くと、

「そうだ。今日は青空がとても美しい。この美しい青空を写真に撮っておいたら、とってもいいのではないかという気がする。そうだ、僕は写真を撮ろう」

と独り言を言って、バッグからコンパクトカメラを取りだし、フロントガラス越しに、「うん、いいね、いいね」「ビューティフー」「ユーアーグッガー」など言いながら写真を撮り始めました。

しかし、突然、撮るのをやめ、

「素人がこんな変哲もない風景を写真に撮ったところで、なんの意味もないんだよ。そんなものははっきり言ってクソだ。僕はそんな無意味なことはせぬ」

と言ってカメラを鞄にしまい、また、黙想を始めましたが、一秒も経たぬうちに目を開き、ポケットから携帯電話を取りだし、

「メールとか来てたら振動するようにしてある。これを俗にバイブというのだ。そのバイブがさっきからちっとも作動しないのはメールが来ていないからだが、もしかしたら気がつかなかった、ということもあるかもしれないのでチェックしてみようか。はははは、来てないね。スゥイングしなけりゃ来てないね」

と言って、また携帯電話を取りだし、

「それにしても遅いな。もう三十分は経ってるんじゃないか」

と言って時間を確かめ、

「あやや。一時十一分。確かここに着いたのが一時五分頃だから、まだ、五、六分しか経っていないということか。なんということだ。猿にグラタンをやったら食べるのかな。買いに行ってこようかな、グラタン。でもその前に猿を探さないと大変なことになってしまう」

などと呟き、また、時計を見、呟き、呻き、写真を撮り、陰茎を揉むような仕草をしたり、広瀬香美のナンバーを歌ったりと、いろんなことをして、そのうちに美徴さんを罵り始めました。

「大体において、大体においてだよ。いつまで買い物をしているんだ、っていう話なんだよ。買い物なんてものはねぇ、そんなものはまともな人間は五分もあれば済ませられるんだよ。それをばだねぇ、十分以上もかけているというのはなにをやっているのだろうねぇ。うどんを見ては、あらあ、すばらしきうどんですこと。床の間の掛け軸にならんかしら。色も白ですから、すてきな感じになるのではないかしら。でも駄目だわ。生ものですから、夏場は腐敗しますものね。でもだったら、乾麵にしてはいかがかしら。駄目よ。それじゃあ、風情がございませぬもの。菜っ葉にニロニロ。などという奇怪な思索を巡らし、昆布を見てはよろこんぶ、布団を見ては太巻きに思いを馳せ、初瀬の渉りにワタリガニを添えるようなことをしているのだろう。馬鹿なことだ。というのは仕方ないにしても、わからないのは、それによって僕がこんな苦しい目に遭っているということだ。不条理なんだよ。はっきり言って。僕はけっこうまじめに生きてきた。そりゃあ、人から見たらふざけているように見えることもあったかもしらぬ。けれどもそれもまじめに生きた結果、追い詰められてそうなったのだ。そんな僕が、なんでこんな苦しい目に遭わなければならないのか。まったく理解できない。っていうか、あいつはなんで買い物にこんな時間がかかるのか。暗黒舞踏を踊りながら買い物をしているのか。だとすればふざけているのは僕ではなく奴ではないのか。ふざけるな。いい加減にしろ」

そんな罵倒を続け、また、ため息をつき、ことさらうつろな顔をして虚空を見つめてみたり、手古舞のようなことをしてみたり、さらにいろんなことをしていました。

そしてついに美徴さんが帰ってきたときには、疲れ切って顔色もどす黒くなり、背丈も幾分縮んでいるようでした。

そして、「やあ、意外に早かったじゃないか」と言いました。と言うと、え？　なぜそんなことを言うの？　さっきまであんなに呪っていたのに、と多くの人が思うでしょう。私もそのときは、おや？　と思いました。気の弱いポチのことですから、そのままは言えないにしても、「意外に遅かったねぇ」くらいのことは言うだろう、と思っていたからです。

ところがポチは言いません。それどころかあべこべに、早かったじゃないか、と言う。いったいどういうことだろうと、その日、家に帰ってからシードにあれはなんなのでしょうね、と問うたところ、「虚栄心だろう」と言っておりました。

つまり、一旦は、「ゆっくり買い物をしてくるといいよ」と言った手前、これを覆せば沽券にかかわると考え、そうしてまた、買い物に時間がかかったくらいで腹を立てたのでは、いかにも度量の狭い、すなわち、キャパの狭い男、と思われると思ってやせ我慢をした、ということらしいのでした。

しかし主人のキャパが極度に狭いことを私たちは既に知っており、どのように装ってもポチの肝が太いと思うことはありません。にもかかわらずそんなことをするのが、どうにも気の毒で耳をなめてやりたいような気持ちになります。

という訳でそのときポチはやせ我慢をしたのですが、しかし、いまも言うように根が小人物ですから、やせ我慢をしてしきれるものではなく、美徴さんが戻ってきたときこそ、「早かったね」なんて世辞めいたことを言いましたが、心中の不快を隠しきれずに、むっつりと黙り込み、口もきかずに真っ直ぐ前を向いて運転をし、運転に慣れぬ者が自分の前でモタモタしようものなら、「なんてことするんだ、このファシストがっ。俺の一生を台無しにする気かっ」と毒づくという体たらくでした。

そして、家を出るときは、買い物の後、どこかでうまい午飯を食べよう、と話していたのにもかかわらず、「今日の午飯は腸詰にしよう。腸詰を五十本くらい買って、ひたすら腸詰だけを食べ続けよう。パンもなし、スープもなし、コーヒーもなし、ビールなんてもってのほか、ただ、腸詰だけをひたすら食べ続けるのだ。もちろんそれはある種の人にとってつらいことかも知れない。だから人は極力、そうしたことを避けようとする。避けようとしてあがく。けれども、そんな宿命もドシドシ受け入れていく。それが光り輝く真の智慧というものなんだよ」なんて無茶を言い出しました。

そんな訳で、その日は美徴さんたちは予定を変更し、家でお午（といって美徴さんが不服を申し立てたためパンやスープも買うことになった）を食べたのですが、とにかくその日以来、ポチが車の中で、待て／ステイ、ができない、駄目な犬、ということがわかったので、買い物には必ずポチ本人が行く決まりになったのです。

しかし、それには根源的な不都合がありました。というのは、手芸用品もそうですが、食料品を買うにしても、メニューを考え、実際に調理をするのは美徴さんで、美徴さんが買い物に行けば、その日、売り場に並んでいる材料を見てメニューを考えることができますが、ポチの場合はそういう訳にもいかず、あらかじめ美徴さんが考え、指示した材料を買って回るということになり、それが極度に高価であったり、品質が悪かったり、なかったりした場合の臨機応変な対応が不可能なのです。

しかもさっきも言ったように、慌て者のポチですから、間違って違うものを買ったり、そもそも買い忘れたりすることがよくあります。

そんなことで、本来は美徴さんが買い物に行った方がよいということは、キューティーも含めて、みなが思っていたことなのですが、いまも言うようにポチのイラチが主な理由でそれがなかなかできないでいました。ところが。

本日は美徴さんが買い物に行き、ポチが車で待っている。いったいなにが起きたのでしょうか。その後、ポチは怪物と戦うなど、様々の経験を積み、スキルを蓄積し、経験値を上昇させることによってイラチを克服したのでしょうか。

といったようなことをお話ししたいのですが、私は眠くなってしまいました。少し眠ります。また、大雪も降るようです。なので、そのあたりに関してはまた今度に申し上げることにいたします。さようなら。さようなら。

ポチのターヘル・アナトミア

三年前に上木《じょうぼく》した拙著、『スピンク日記』が今般、文庫になって出るようで、確認のため校正刷りを読んだ、というか、ポチに読ませて、その脳を通じて読みました。それでどう思ったかというと、三年前は私も随分と子供だったなあ、考えてみればこの三年で私は随分と大人になったのだなあ、と思いました。思考の幅が広がったと申しますか。

そう言えばキューティーも随分と成長しました。来た頃は、見た目も悲惨でいろんなものを怖がり、ポチが部屋に入ってきただけで無闇に怖がって逃げ惑っていましたし、外を歩いていても、いろんな物音が怖く、いろんなものが怖く、人間が怖かった。

なので例えば工事現場の脇などは絶対に通れなかったし、オートバイが来たら腰が抜けたし、おっさんが近づいてきたらパニックに陥りました。ポチは、このおっさんというカテゴリーに属していたわけです。

それがいまや、ポチを見るとニコニコ笑って近づいていくし、知らないおっさんが向こうから来て、「この犬可愛いなあ。なに犬?」など言って、頭を撫でても平然としていられるようになりました。

これははっきり言って成長です。こういうのを見ていると人も犬も日々、成長しなければならないのだなあ、と感じるのですが、ポチはどうでしょうか。

先日、ポチの見ているテレビ番組を脇から見ていると、おっさんが出てきて、日本国、というのは、私たちがいま住んでいるところですね、これをみんなが普通に生きていけるように、決まりやなんかをこしらえて、道や港をこしらえたり、そのためのお金をみなから集めたりして、まとめていってる人たちというか、そのまとまりそのものですね、その日本国というものは成長していかなければならない、と言いました。

というのは別に日本国がおっさんを怖がらないようになるということではなく、シードによると、経済成長、といい日本国全体の経済の大きさが大きくなっていくことだそうで、ポチが子供の頃は、それがドシドシ大きくなったため、みな明日に希望を持って暮らしていたのだそうです。年齢から考えてシードがそんなことを知っているはずがないのですが……。

そんなことで、この番組を見たポチは、「やはり日本は経済成長せんといかんのだ」と力み返り、想像上の見えない槍を振り回しつつ、「黒田節」という歌をうたい踊りました。

ところが、また別のテレビ番組を見ていると、おばさんが出てきて、日本国は今後、経済成長しないし、成長を目指してはならず、別のことを考えなければならない。と言いました。

これを見たポチは今度は、「やはりいま必要なのは、成長戦略より成熟戦略なのだ」と言って、着ていた衣服を脱ぎ捨て、腹と乳を丸出しにしてサンバカーニバルの真似を始めました。

経済成長をした方がよいのか、しない方がよいのか、私は犬なのでよくわかりませんが、これを見ればこの三年間、ポチがまったく成長していないことがわかります。

三年前とやっていることがまったく変わっていないのです。

もちろん、私たちの何倍もの寿命がある人間のことですから、三年くらいは成長せず停滞してもよいのかもしれませんが、しかし、ポチはもう五十二歳なので、若い人の三年とは随分と違うように思います。

あ、でも、そうでした、そうでした。ひとつだけポチが成長した点があります。というのは、先月も申し上げましたように、イラチでイラチでどうしようもなかったポチが、スーパーマーケットの駐車場で待っていられるようになったのです。満足な人から見たら、なんだそんなもの、と思われるかも知れませんが、ポチにとっては偉大な一歩で、そうポチはいま現在、私たちと一緒に買い物に行った美徴さんを待っているのです。

なぜ、イラチのポチが待っていられるようになったか。それはポチが、電子書籍端末、なるものを入手して持参しているからです。

電子書籍端末とはなにかというと、電子書籍を読むための専用の機械で、表側の画面のようになっているところに触れると、アアラ不思議、画面のようなところに文字が現れ、さらにこれを横に撫でると、まるで普通の本のページをめくるがごとくに次のページが現れる、というシロモノなのです。

というと、そんな風にして普通の本と同一というのであれば、初手から普通の本を読めばよいではないか、という感じもしますが、ところがさにあらず、この電子書籍端末には、普通の本では絶対にできない、あることができます。

というのは、普通の本であれば、当たり前の話ですが、一冊の本は一冊の本に過ぎないなので、スーパーマーケットに一冊の本を持参した場合、一冊の本しか読めません。ところが、この電子書籍端末というのは、見た感じは一冊の本でありながら、そのなかに何千冊もの本を収蔵することができ、これを釦《ボタン》ひとつというか、画面のようなところに触るだけで瞬時に表示させることができるのです。

これはポチのような気の変わりやすい人間にとってきわめて便利です。というのは、スーパーマーケットの駐車場で美徴さんを待つときにどんな本を読みたいか、はそのときになってみないとわからないからで、家を出るときは確かに、百歳の詩人、柴田トヨさんの、『くじけないで』を読みたい、と思ったので、『くじけないで』を鞄に入れて家を出たのだが、実際に、スーパーマーケットの駐車場に到着してみると、『くじけないで』なんて一文字も読みたくなく、どちらかというと、太宰治の、『人間失格』を読みたいような気分で、でも、鞄のなかには、『くじけないで』しかないので、やむなくこれを読むのだけれども、もともと、『人間失格』を読みたい気分で読むからゲサゲサにくじけてしまう、みたいになるところ、電子書籍端末であれば、そのなかに、『人間失格』が収めてありますから、これを呼び出せば、希望通りの本を読むことができてくじけないですむのです。

しかし、もし電子書籍端末のなかに、『人間失格』がなかったらどうするのでしょうか。やはりくじけてしまうのでしょうか。いえ、それが大丈夫なのです。というのは、この電子書籍端末には通信機能というものが備わっていて、これを使うことによって外出中でも電子書籍販売店にそう言って、本を買うことができるのです。

どうするかというと、通信機能を使って電子書籍屋に通信します。そうすると、画面に本の名前やなんかがずらずら出て参ります。そのなかから自分の読みたい本を選んで、釦の絵の描いてあるところを触ると、本屋が通信機能を使って、ポチの電子書籍端末めがけて、名指しで本を送ってきて、ものの五秒もしないうちに、その本が丸々一冊、電子書籍端末のなかに入ってしまうのです。

そういう訳で、スーパーマーケットの駐車場で急に、『人間失格』を読みたくなっても大丈夫なのです。

なんてまるで電子書籍のセールスマンのようですが、なぜ私がそんなことを知っているかというと、注文していた電子書籍端末が届いた日に、ポチが以上のようなことを得々と喋ったからです。そして、最後にポチは言いました。

「ぜんたい僕は忙しい。だから本を読む間も余りない。だから、ちょっとの間にも本を読みたいのだが、これまでそれが叶わなかった。でもこれを買ったいま、それができるようになった。そのことを僕はいま素直に喜びたい。そして、共に手を取り合って進んでいきたい。どこへ？　決まってるじゃないか。希望にむけて」

言いながら横っ飛び、それから、呀《あ》っ、と叫んで飛び上がったかと思ったら、横倒しに倒れ、膝を曲げて両の手で足指を抱えて、おおおおっ、おおおおっ、とおらびながら床を転げ回りました。どうやら、テーブルの脚の角に足の小指をしたたか打ち付けたようで、その姿はどのように見ても忙しい人には見えませんでした。

ひとしきり転げていたポチは暫くするとなにごともなかったかのように立ち上がり、「とりあえず設定をせんければ相成らぬ」と言って、電源釦を押しました。ところがすぐに端末をテーブルのうえに置き、「そうだ、忘れるところだった」と言って、電子書籍端末と同時に届いた封筒をつまみ上げ、なかに入っていた袋をべりべり破って、一枚の、すべらかな透明のフィルムを取り出しました。

「これがなんだかわかるかね、スピンク君。ほほほ、そうやって首を曲げて考えているところを見ると、わからぬようだな。ほほほ、これは、液晶保護フィルムといって、ともすれば傷つきやすい液晶画面を保護するために貼るフィルムなんだ。並の人間であれば暫く使って、液晶が傷ついて初めて液晶保護フィルムの必要性を痛感して慌ててこれを注文するのだが、本体を注文した段階でその必要性に気がついて本体と同時に注文するなんざあ、並の人間にできることではない。こういうところが僕の偉大なところと知るがいい」

と、そんなことを言ってポチは大得意の体で液晶画面に液晶保護フィルムを貼るべく、袋に印刷された、「貼付け方法」なる図示を読み始めましたが、暫くするとこれを投げだし、感に堪えない、不思議でならない、といった調子で言いました。

「いったいどうしたことだろうか。僕は一応、商売人というか、文章の読み／書きに関して、一応、玄人ということになっているはず。ところがどういう訳か、ここに書いてあることがまったく理解できない。イージーセパレーターとはなんなのか。自己吸着、というのはいったいどういう状態を指しているのか。自家撞着の別名なのか。また、雛形フィルム②があって①がないのはなぜなのか。そしてこれらは互いに関係しているらしいのだが、いったいどのように関係しあっているのか。そうしたことがまったく読み取れない。僕はばかになってしまったのだろうか。だったとしたら悲しいことだ。しかし、わからないものは厳然たる事実。となれば、ええいっ、ままよ。自己吸着がどうのこうのといったって結局のところは、画面にフィルムを貼ればよいだけのことだろう。ならば自我流でやったところで、なんら問題あるまい。よし、では、見当をつけて……」

と、ポチは図示を無視して、自分のやり方でフィルムを貼り、そして半泣きになりました。

「しまった。自分としては真っ直ぐに貼ったつもりが大きく傾いでしまっている。しかも、液晶画面とフィルムの間に大量の気泡が入ってしまった。ええいっ、俺ってやつあ、なんたら不器用者なのか。僕はもう駄目なのかも知れない」

と、ポチは暫くの間、虚ろな瞳で虚空を見つめ、それからノロノロとした手つきで袋をつまみ上げ、やはり虚ろな目でこれを見ておりましたが、やがてシードがご飯をもらったときのように、ぱっと顔を輝かせ、そして、「おおっ、なんですと。万が一、失敗しても何度でも貼り直せる、ですと。しかも、気泡が消える、ですと。なんと素晴らしい。これこそが自己吸着なのかっ」と言い、それに力を得て、ポチはフィルムを爪で引っかけて剝がし、貼り直しました。

何度か失敗した後、完全に真っ直ぐではないけれども、まあ、これくらいならよしとしよう、くらいな感じに貼ることができたポチは、また、言いました。

「よし、ではこれで、ようやっと設定に取りかかれるわけだ。おほほ。こういう場合、まずするのは言語設定でしょう。ではさっそく言語設定をいたしましょう。いっやー、長い道のりであった」

そう言って、ポチは液晶画面をのぞき込み、そして、「こ、これは」と言って、絶句しました。

どうやらフィルムと液晶画面の間に生じた気泡を指で押し出している間に、期せずして言語設定の釦を押してしまったらしく、液晶画面にはフランス語が表示されていたのです。

「ああ、なんということだりましょうか。私は、気泡を指で押し出すときは、いったん電源を切らなければならなかったのだ。ところが、気がはやっていたため、そのことを忘れ、知らない間に言語をフランス語に設定してしまったのだ。そして私はフランス語を一文字も解さない。こんなことなら若い頃に初級フランス語くらいは習っておけばよかった。私はそれをしないでパンクロックを習ってしまった。後悔先に立たず、とはまさにこのことだ」

そう言ってポチは嘆き悲しみつつ、しかしこのままでは使用できぬし、本もフランス語の本しか買えない、というので、当てずっぽうで釦を押し、また、一部、辞書を引くなど、小一時間もかかってようやっと日本語を表示しました。

そんなこともあって、ポチはスーパーマーケットでいまのところ、おとなしく待っていられています。のぞいてみると、『地獄変』という小説を一心に読んでいます。

私たちの犬業界で言うところの、stay、ができるようになった、という訳です。フランス語の単語も四つほど覚えたようです。それが成長かと言われれば、まあ、そうなのですが、ポチにとっては立派な成長、と私は思いたいと思っているのです。本当に思っているのです。

解説

猫からひとこと

平田俊子

町田康さんはわたしたち猫族の味方です。捨てられた猫や行き場のない猫たちの面倒を見て、『猫にかまけて』とか、『猫にからまれて』『猫にかみちぎられて』、ちょっと違うかもしれませんがそんな名前のエッセイ集を何冊も出して、猫のために力を尽くしてくださっています。

猫族の間で町田さんの評価は常にトップレベルです。家のない子は町田さんのところにいくといい。お腹がすいた子は町田さんの前でにゃおと鳴くといい。いけば寝床を与えてくれる。鳴けばおいしいごはんをくれる。年一回の「拾われたい男」アンケートで、町田さんは不動のナンバーワンの座に輝いています。

なのに何ですのん。犬？ ドッグ？ 羊頭狗肉の狗《いぬ》？ そういうケモノの面倒まで町田さんは見るようになりました。おかげで町田家の猫たちは、一階から二階へと引っ越しを強《し》いられました。

一階と二階を比べた場合、一階のほうが上等なのは周知の事実です。第一次産業あっての第二次産業、第一次性徴あっての第二次性徴、二より一のほうが格が上です。二階のない家はあっても一階のない家はない。一階を通らないと二階には上がれませんが、二階を通らなくても一階には上がれます。町田さんはそんな二階に猫たちを追いやって、一階にお犬さまを住まわせるようになりました。しゃあああっ。

最初はスピンクだけでした。やがてスピンクの兄弟のキューティーがきて、いつしかシードも加わりました。今やお犬さまは三匹、いえお三方、まさにスリー・ドッグ・ナイトです。昔、スリー・ドッグ・ナイトというアメリカのバンドがあって、「ワン」という歌を歌っておりました。てっきり犬の歌だと思ったら、オンリーワンのワンでした。

町田家のスリー・ドッグ・ナイトのメンバーのうち、スピンクとキューティーはスタンダードプードルという種類です。スタンダードプードル。何としゃらくさい名前でしょう。長いし、濁音と半濁音が多すぎます。人間の辞書で「スタンダード」を引くと、基準とか標準とか出ています。自分たちが基準。自分たちこそ標準。こういう考え方はいかがなものでしょうか。スタンダード三毛とか、スタンダードぶちなどという猫はおりません。誰かが標準という考え方が猫にはないのです。みんなちがってみんなだめ、そういう感じで生きてます。スタンダードは、「恋はみずいろ」とか「煙が目にしみる」とかのスタンダードナンバーにまかせておけばいいんです。スタンダードプードルは「恋はみずいろ」に喧嘩を売っているのでしょうか。そんなことをしたら煙が目にしみますよ。スタンダードプードルはそろそろスタンダードはやめにして、ドースンダにしてはどうでしょう。ドースンダプードル。かわいいですね。スタンダードを決めるから、ミニチュアという概念も生じるのです。シードはミニチュアプードルです。ちびっ子呼ばわりされるミニチュアプードルの気持ちを、皆さんは考えたことがおありでしょうか。ミニプーにとっては自分たちこそ標準で、スタプーはでかすぎです。猫から見てもスタプーはでかい。ミニプーをスタンダードプードルと呼び、スタプーをでかプードルと呼ぶこともできたはずなのに、スタプーを標準としたためにミニプーはちびっ子になってしまいました。もちろんスピンクたちには罪はありません。考えが足りない人間のせいです。

おっと、話がそれました。お許しください。すぐに話がそれるのは猫の美点の一つですね。町田さんご夫妻は猫を大事にしてくださいます。『猫にかまけて』を始めとする猫エッセイを読むとそれがわかります。町田家の二階の猫は、二階ながら幸せに暮らしています。だがしかし、一階のお犬さまのこともご夫妻は同じぐらい大事にしています。『スピンク日記』『スピンク合財帖』、そして『スピンクの壺』を読めば明らかです。

これら三冊はスピンクが書いたことになっています。でも本当はスピンクになりすました町田さんが書いているのです。猫大好きエッセイを書いている自分が犬大好きエッセイも書いていると知ったら、猫たちは一揆を起こすはず。猫と犬、どっちが好きかはっきりさせてよと花瓶や茶碗をひっくり返すはず。そういう不安におののいて、町田さんはスピンクになりすますことにしたのです。

そういう危機管理は、まあ、認めます。認められないというか、残念なのは、自分の前世は犬であると、スピンクのふりをした町田さんが『スピンク日記』で告白していることです。犬たちは大喜びでしょう。猫たちは大がっかりです。町田さんの前世も前々世も、猫に違いないと信じていたのですから。町田さん、暇《ひま》があるとき前世や前々世のことをゆっくり思い出してくださらんか。「カマス最高！」とシャウトしたり、マタタビに酔いしれて失態を演じた遠い日の記憶がよみがえるはずですから。全身が無理なら町田さんの下半身だけでも猫であってほしいというのが、わたしたち猫族の願いです。

スピンクが書いた本には、猫のことはちょろっとしか出てきません。ぼんやりした読者には、町田家には猫がたくさんいることが伝わらないかもしれません。なにゆえ猫は登場しないのか。スピンクになったときの町田さんの眼中には、猫はいないということでしょうか。寂しさのあまり、ふすまをべろべろはがしたくなります。さらに寂しいことに、町田さんはスピンクたちと海にいったり、花見にいったり、散歩にいったりしています。猫とはインドアだけなのに、犬とはアウトドアもお楽しみです。町田さんや妻の美徴さんが撮った写真には海が写っています。空が写っています。どこかのお店や駆け回る犬や笑う町田さんが写っています。猫の知らない風景があり、知らない町田さんがいます。よく見ると犬たちも口を開け、愉快そうに笑っているではありませんか。スピンクもキューティーもシードも町田さんも、みんなみんな幸せそうです。仲良き事は美しき哉《かな》。などと武者小路実篤になりすましていいたくなります。マウントしたり、リードをぐいぐい引いて町田さんをこかしたりと乱暴狼藉を働く犬たち。町田さんが楽しそうにしているところを見ると、そんな犬にも魅力があるのかもしれませんね。

おーままままま。おーままままま。『スピンクの壺』は、スピンクが歌う場面から始まります。これはザ・テンプターズというグループサウンズの「おかあさん」という歌です。六〇年代、初めてこの歌を聞いたとき、わたしは心配しました。「神様お願い」「エメラルドの伝説」のあとに「おかあさん」はいかがなものか。ヒット戦略として正しいだろうか。その後、森進一は「おふくろさん」を歌い、ポップ・トップスは「マミー・ブルー」を歌ってどちらも流行しましたが、「おかあさん」はどうだったのでしょう。

スピンクがリアルタイムで「おかあさん」を聞いたはずはありません。町田さんが歌うのを聞いて覚えた（という設定な）のでしょう。『スピンクの壺』には、ほかにも歌が出てきます。実生活でも町田さんは犬たちの前で歌っているのでしょうね。町田さんが歌うと犬たちは手拍子をしたり、腰をふって踊ったりするのでしょう。猫たちはギターを弾く町田さんの指の動きには反応しても、歌には興味を示しません。露骨に耳を寝かせたり、席を外したりする猫もいるでしょう。オーディエンスとして町田さんが猫より犬を選ぶのは当然です。わかっていますが、スピンクが水前寺清子の歌まで知っているのはちょっと悔しい感じです。

『スピンク日記』や『スピンクの壺』などを読むうちに、わたしは犬たちのことが少しずつ好きになりました。猫だけでなく、犬のためにも力を尽くす町田さんや美徴さんにますます敬意を抱くようになりました。町田さんはパンクロッカーでもあるということですが、パンクロッカーと書いて人情家と読むのでしょうか。

美徴さんがいてくださるのは心強いです。町田さんの前ではいえませんが、美徴さんのほうがしっかり者です。美徴さんがいると猫たちは安心します。犬たちも同じでしょう。美徴さんの前世は人間ということですが、観音様ではないでしょうか。美徴さんと町田さんとでは、犬や猫にたいする態度が少し違います。美徴さんは慈愛のこころで接してくださいますが、町田さんには罪滅ぼしのようなものを感じます。自分ら人間が好き勝手にふるまってのうのうと暮らしていることへの罪滅ぼし。そういう思いもあって、町田さんは犬や猫を大事にしてくれるのかもしれません。あるいは町田さんの前世は虐待された犬または猫で、わたしたちにかつての自分を見ているのかもしれません。

『スピンクの壺』は、犬だけでなく、町田さんや美徴さんたち人類の生態を記した本でもあります。のんきに生きているようで、人類もまた悩み苦しみ煩悶《はんもん》していることを、わたしはこの本を読んで知りました。

ずっと覚えていようと思っていたことも、歳月のうちには忘れていきます。忘れたくなくても記憶は少しずつ薄れていきます。スピンク。キューティー。シード。町田さん。美徴さん。この本にはみんなが懸命に生きた証しがしっかり刻まれています。そういうものが残せるから文章や写真はいいなあと思います。十年後、二十年後、いいえ百年後だってこの本を読んで笑ったり泣いたりスピンクかわいいと思ったりする人がいるでしょう。つらかったことでさえ過ぎてしまえば懐かしい。本のなかではみんな幸せそうです。スピンク、楽しい本をありがとう。

本書は二〇一五年十月、小社より単行本として刊行されました。

JASRAC 出 1711402-701

|著者|町田 康　作家・パンク歌手。1962年大阪府生まれ。高校時代からバンド活動を始め、伝説的なパンクバンド「INU」を結成、'81年に『メシ喰うな！』でレコードデビュー。'92年に処女詩集『供花』刊行。'96年に発表した処女小説「くっすん大黒」で野間文芸新人賞、ドゥマゴ文学賞を受賞。2000年「きれぎれ」で芥川賞、'01年『土間の四十八滝』で萩原朔太郎賞、'02年「権現の踊り子」で川端康成文学賞、'05年『告白』で谷崎潤一郎賞、'08年『宿屋めぐり』で野間文芸賞をそれぞれ受賞。他の著書に『人間小唄』『この世のメドレー』『猫のよびごえ』『常識の路上』『[現代版] 絵本 御伽草子 付喪神』『ギケイキ　千年の流転』『ホサナ』など。スピンクのシリーズに『スピンク日記』『スピンク合財帖』がある。
公式HP
http://www.machidakou.com

スピンクの壺《つぼ》
町田《まちだ》 康《こう》

講談社文庫
定価はカバーに
表示してあります

2017年10月13日第１刷発行

発行者――鈴木　哲
発行所――株式会社　講談社
東京都文京区音羽2-12-21　〒112-8001
電話　出版 (03) 5395-3510
　　　販売 (03) 5395-5817
　　　業務 (03) 5395-3615

デザイン―菊地信義
製版―――凸版印刷株式会社
印刷―――凸版印刷株式会社
製本―――株式会社国宝社

Printed in Japan

ISBN978-4-06-293706-1

講談社文庫刊行の辞

二十一世紀の到来を目睫に望みながら、われわれはいま、人類史上かつて例を見ない巨大な転換期をむかえようとしている。

世界も、日本も、激動の予兆に対する期待とおののきを内に蔵して、未知の時代に歩み入ろうとしている。このときにあたり、創業の人野間清治の「ナショナル・エデュケイター」への志を現代に甦らせようと意図して、われわれはここに古今の文芸作品はいうまでもなく、ひろく人文・社会・自然の諸科学から東西の名著を網羅する、新しい綜合文庫の発刊を決意した。

激動の転換期はまた断絶の時代である。われわれは戦後二十五年間の出版文化のありかたへの深い反省をこめて、この断絶の時代にあえて人間的な持続を求めようとする。いたずらに浮薄な商業主義のあだ花を追い求めることなく、長期にわたって良書に生命をあたえようとつとめるところにしか、今後の出版文化の真の繁栄はあり得ないと信じるからである。

同時にわれわれはこの綜合文庫の刊行を通じて、人文・社会・自然の諸科学が、結局人間の学にほかならないことを立証しようと願っている。かつて知識とは、「汝自身を知る」ことにつきていた。現代社会の瑣末な情報の氾濫のなかから、力強い知識の源泉を掘り起し、技術文明のただなかに、生きた人間の姿を復活させること。それこそわれわれの切なる希求である。

われわれは権威に盲従せず、俗流に媚びることなく、渾然一体となって日本の「草の根」をかたちづくる若く新しい世代の人々に、心をこめてこの新しい綜合文庫をおくり届けたい。それは知識の泉であるとともに感受性のふるさとであり、もっとも有機的に組織され、社会に開かれた万人のための大学をめざしている。大方の支援と協力を衷心より切望してやまない。

一九七一年七月

野間省一

講談社文庫 最新刊

松岡圭祐　生きている理由
史実の『はいからさんが通る』は謎多し。男装の麗人、川島芳子はなぜ男になったのか？

青柳碧人　浜村渚の計算ノート 8さつめ〈虚数じかけの夏みかん〉
街中に隠されたヒントを探す謎解きイベントで、渚を待ち受けていた数学的大事件とは？

林　真理子　正　妻 (上)(下)〈慶喜と美賀子〉
徳川幕府崩壊。迫り来る砲音に、妻は何を思い夫は何を決断したか。新たなる幕末小説の誕生！

佐々木裕一　公家武者 信平《のぶひら》〈消えた狐丸〉
心の傷が癒えぬ松姫《まつひめ》に寄り添う信平。武家になった公家、松平信平が講談社文庫に登場！

西村京太郎　沖縄から愛をこめて
陸軍中野学校出身のスパイたちは、あの沖縄戦で何を見たのか？　歴史の闇に挑む渾身作！

綿矢りさ　ウォーク・イン・クローゼット
私たちは闘う、きれいな服で武装して。誰かのためじゃない服と人生、きっと見つかる物語。

我孫子武丸　新装版 殺戮にいたる病
永遠の愛を男は求めた。猟奇的連続殺人犯の魂の軌跡！　誰もが震撼する驚愕のラスト！

木内一裕　不　愉　快　犯
人気ミステリー作家の妻が行方不明に。殺人容疑で逮捕された作家の完全犯罪プランとは？

富樫倫太郎　信長の二十四時間
すべての人間が信長を怖れ、また討つ機会をうかがっていた。「本能寺の変」を描く傑作。

仁木　英之　まほろばの王たち
大化の改新から四年。物部《もののべ》の姫と役小角《えんのおづぬ》、古の神々の冒険が始まる。傑作ファンタジー！

梨　沙　華《はな》　鬼《おに》　2
少女は知る、冷酷な鬼の心にひそむ圧倒的孤独を……。傑作学園伝奇、「鬼頭の生家」編。

講談社文芸文庫

多和田葉子
変身のためのオピウム／球形時間
解説＝阿部公彦　年譜＝谷口幸代

ローマ神話の女達と〝わたし〟の断章「変身のためのオピウム」。少年少女の日常が突然変貌をとげる「球形時間」。魔術的な散文で緻密に練り上げられた傑作二篇。

たＡＣ４
978-4-06-290361-5

中野好夫
シェイクスピアの面白さ
解説＝河合祥一郎　年譜＝編集部

人間心理の裏の裏まで読み切った作劇から稀代の女王エリザベス一世の生い立ちと世相まで、シェイクスピアの謎に満ちた生涯と芝居の魅力を書き尽くした名随筆。

なＣ２
978-4-06-290362-2

講談社文庫 目録

U・K・ル＝グウィン
村上春樹訳　空を駆けるジェーン
T・ファリッシュ著
B・ルート絵
村上春樹訳　ポテト・スープが大好きな猫
群ようこ　濃い人々〈いとしの作中人物たち〉
群ようこ　いいわけ劇場
群ようこ　浮世道場
群ようこ　馬琴の嫁
村山由佳　すべての雲は銀の…(上)(下)
村山由佳　永遠。
村山由佳　天翔る
室井滋　うまうまノート
室井滋　気になり飯《めし》〈うまうまノート②〉
村野薫　死刑はこうして執行される
睦月影郎　甘《あま》蜜《みつ》三《ざん》昧《まい》
睦月影郎　平成好色一代男　和装セレブ妻の香り
睦月影郎　新・平成好色一代男　秘伝の書
睦月影郎　新・平成好色一代男　元部下のOL
睦月影郎　新・平成好色一代男　隣人と。女子アナと。
睦月影郎　帰ってきた平成好色一代男　一の巻
睦月影郎　平成好色一代男　占女《せんにょ》楽天編
睦月影郎　帰ってきた平成好色一代男　完結編
睦月影郎　武家娘〈明暦江戸隠密控〉
睦月影郎　密通妻
睦月影郎　姫《ひめ》遊《なそび》
睦月影郎　肌《はだ》褥《しとね》
睦月影郎　影《かげ》舞《まい》
睦月影郎　傀儡《くぐつ》舞《まい》
睦月影郎　とろり蜜姫・掛け乞い〈睦月影郎傑作選〉
睦月影郎　卒業一九七四年
睦月影郎　初夏一九七四年
睦月影郎　快楽のグルメ
向井万起男　渡る世間は「数字」だらけ
向井万起男　謎の1セント硬貨〈真実は細部に宿る in USA〉
村田沙耶香　授乳
村田沙耶香　マウス
村田沙耶香　星が吸う水
村田沙耶香　殺人出産
村瀬秀信　気がつけばチェーン店ばかりでメシを食べている
室積光　ツボ押しの達人
森村誠一　名誉の条件
森村誠一　真説忠臣蔵
森村誠一　霧笛の余韻
森村誠一　悪道
森村誠一　悪道　西国謀反
森村誠一　悪道　御三家の刺客
森村誠一　悪道　五右衛門の復讐
森村誠一　ミッドウェイ
森村誠一　棟居刑事の復讐
森村誠一　日蝕の断層
森村誠一　ねこの証明
森詠　吉原首代　左助始末帳
毛利恒之　月光の夏
森博嗣　すべてがFになる〈THE PERFECT INSIDER〉
森博嗣　冷たい密室と博士たち〈DOCTORS IN ISOLATED ROOM〉
森博嗣　笑わない数学者〈MATHEMATICAL GOODBYE〉
森博嗣　詩的私的ジャック〈JACK THE POETICAL PRIVATE〉
森博嗣　封印再度〈WHO INSIDE〉
森博嗣　幻惑の死と使途〈ILLUSION ACTS LIKE MAGIC〉

2017年10月15日現在